女房とワシと恋女房の
51年209日

この作品は山根進が書き残したフェイスブックの投稿に脚色を加えた自伝である。

《とも子編》

目次

《美貴子編》

《とも子編》

第1章　コインランドリー・ブルース

「とも子、あとちょっとの辛抱じゃ」

大きな背中を丸めてコタツから乗り出すようにして、進がいった。

「いまは見えんけどの、その角を曲がったら、とんでもない大金が手に入るんじゃ。もう少し、あと少しの辛抱よ」

突き出した色黒の顔には、大きなわし鼻がぶらさがっていて、その下の口元がゆるんでいる。

にやっと笑ったその表情は、どこか甘えてニヤケているように見えた。

とも子は俯いたまま、事務的に応えた。

「もう聞き飽きた。あと少し、あと少しって、いったいいつなのよ」

広島市の近郊、平和公園から南に車で10分ほどの吉島西に借りている店舗付き住宅。その2階住居部奥の6畳間の天井からぶらさがった蛍光灯の明かりをたよりに、彼女は伝票の整理に余念がない。コタツの天板には、進ととも子が経営する喫茶店とコインランドリーの売り上げの紙幣と硬貨が並んでいた。その百円硬貨を1枚、人差し指でもてあそびながら進はいった。

「いつって…、それは明日かもしれんし、一年後かもしれん…」

「もしかしたら、未来永劫、来ないかもしれないのよね」

視線を手元に落としたまま、とも子は応対している。一刻も時間を無駄にしたくなかったし、できなかったからだ。

虚をつかれて、いいよどんでいる進の言葉を待たず、とも子はつづけた。

「どうせ大金が入ったって、さっさと誰かに横取りされるか、誰かのために使っちゃうのよ、あなたは」

そして、伝票整理の手を止めて目をあげると、笑いながら進のわし鼻をひとつ突ついていった。

「私、もうお金のことは、あ・き・ら・め・た!」

進はそのころ、話題の人物として注目されるようになっていた。毎年のように新しいビジネスをはじめる〝ニュービジネスメーカー〟と形容されて、マスコミの寵児にもなっていた。

このアパートの店舗部分に洗濯機8台、乾燥機3台並べて進がコインランドリーをはじめたのが1979年。そのころ一家に1台洗濯機があるような時代ではなかったし、近くに学生たちの下宿が林立していたこともあって、このビジネスは当たった。1日の売り上げの計算を、学校から帰宅した息子ふたりに手伝わせるほどで、「ドル箱」と自称するほど儲かった。

千田町の広島大学横に借りたテナントではレンタルレコード、まんがレンタルをはじめていたし、そこを改装してまんが喫茶びっくりの〜ずを進は経営してもいた。はじめた当初は、どのビジネスも順調で「ドル箱」はそのつど変わった。それでも進の手元に金は残らなかった。起業すればするほど赤字はふくらんだ。

新規ビジネスは、はじめは儲かっても、すぐにおいしい匂いを嗅ぎつけた後発業者が後追いしてくる。資金力があるところが参入してきてマーケットを奪っていく、そんな繰り返しだった。

進がつぎからつぎへと新規のビジネスを立ち上げるために、名実ともに「貧乏暇なし」。ゆったりと寛げるのは、夜中になってから。そのひとときが、進ととも子の貴重な時間だった。

「とも子がいてくれるだけでいいんだ。とも子のいるこの空間が好きなんだ」

進はよく、そんなお上手を口にした。

「お前だけだよ！」

とも子の顔を見るたびに、思い出したように進はこんな愛のメッセージを囁いていた。普通の男ならとてもいえないセリフも、進の口からはなんの衒《てら》いもなく飛び出てきた。進は自分の気持ちに素直な男だったし、彼は心底とも子を愛してもいた。

もう30年近くなろうとしている結婚生活で、この言葉をたぶん1万回はいっただろう、と進は内心で胸をはった。ビジネスでは移り気だったが、こと女性に関してはー本気でまじめだった。

「あんたがいうと、嘘っぽいのよ」と、とも子はいったが、その照れたような顔が進は好きだった。

「金はないけど愛と夢はいっぱいじゃ。いつ死んでもいいくらいに幸せじゃ。こんな幸せ、いつまでつづくんかいのお」

進は炬燵に入れていた腕を伸ばして、とも子の掌を握った。とも子は、やんわりとその手を払って強い口調でいいはなった。

「当たり前よ。これで幸せじゃないなんて絶対にいわせない。好きなことして、好きなことといって生きてるんだもの。少しは感謝しなさいよ！」

とも子は、スレンダーなからだにキュートな容貌の美人。いかにも線が細い印象だったが、男まさりの性格で、考え方もしっかりしていた。

「私はどんな貧乏も苦にならない、耐えてみせる」

それが口癖だった。

そして、そのあとには必ず念を押すように進に告げるのだった。

「でも、あなたが小さく生きたり、アホ面さらすことだけは耐えられないの」

そんな彼女に励まされ、尻を叩かれるように、進は生きてきた。

「あなたはキザで嫌みで鼻持ちならない男だけど、人並みはずれたバイタリティと行動力が魅力なの」

その夜、とも子が珍しく自分を褒めたのに進は驚いた。

思い出したように、とも子はこうもいった。

「どんな事があっても、どんなときでも私と家族を守ってくれた、食べさせてくれた。それがあなたの唯一の取り柄だものね」

四畳半の居間を挟んだ奥の三畳一間を分け合って生活していたふたりの息子のうち、長男の大《ふとし》は高校を卒業するとすぐに演劇の仕事をするといって上京していた。次男の弘は鍼灸の専門学校に通いながらスポーツクラブでトレーナーの仕事をしているが、いずれ独立して開業することになっていた。子育ての区切りがついたからの感慨なのかもしれないが、それにしても過去形でいうなんて、まるで別れが近いみたいじゃないか…。

進はそんな不安を打ち消すように、冗談めかしていった。

「それに、シティーボーイじゃろ、わしは」

とも子が、ぷっと吹き出したのを見て、進は安堵した。また腕を伸ばして、ともも子の掌をにぎった。すると、とも子は反対の手をふり挙げて、まるで子どもを叱るようにいった。

「なにがシティーボーイよ。馬鹿いってないで、さっさと寝なさい！」

山根進は1950年2月19日に広島市の繁華街を南北に貫く鯉城通りの南端、中区大手町5丁目の鷹野橋で生まれ、ここで育った。両親は満州からの引き上げで被爆はしていない。男ばかりの3人兄弟の次男。腕白な子だった。

家業は鷹野橋商店街の山勝堂という本屋。といっても配達・卸しがメインで小売りもするという珍しいスタイルだった。住み込みの従業員が3人から5人はいて、そんな〝お兄ちゃんたち〟と進は寝食をともにしていた。

そんな環境で育った彼は「商売大好き。勉強は大嫌い」。小学校を卒業したらさっさと大阪に出て、松下幸之助のように丁稚奉公からはじめてビッグな男になるつもりだった。「松下幸之助にしろ田中角栄にしろ、昔の偉いひとは、みんな小学校しか出ていない」という短絡的な発想からだった。

ところが、時代は学歴社会へと変わりつつあった。「さすがに、小学校卒じゃいけまあ。中学までは義務教育じゃ」と、まわりから忠告されて進学させられた。

「ええー、うっそーっ」

進は本気でそう思った。こども心に勉強なんかしてもなんの役にも立たないことを知っていたからだ。

仕方なく中学校へは通ったが、3年間まったく勉強しなかった。中卒で社会に出るつもりだった。ところが、また挫折が待っていた。

「いまは住み込みでも、高校は出とかないかんので、進」父親に、そう諭された。いやいや進学した進は、ろくに勉強をしていなかった。3年の2学期が終わった時点で「行けるとこないで」と指導担任にいわれた。尻に火がついた進は猛勉強して、なんとか商業高校に滑り込んだ。

もちろん大学に行く気は、それほどなかった。たまたま受験してみた広島経済大学に運良く合格したので進学した。こどものころに絵画教室で絵を習っていた進は、迷わず美術部に入った。するとすぐにガキ大将として頭角をあらわし、美術部の親分的な存在になっていた。そればかりか大学の文化局を乗っ取るわ、大学祭の実行委員会を牛耳るわ、後年〝ブルドーザー〟と形容された個性を発揮しはじめた。

美術部に「たいして才能のあるやつはいなかった」。とにかく人数がいないと部にならない、「猫でも杓子でも」と進が集めたメンバーだった。だから部員は進の手下も同然。美術部というより、進が組長の〝山根組〟といってもよかった。シノギといえば語弊があるが、家の商売の手伝いも部員にさせた。

「お前ら、ちょっと本売ってこいや!」

当時、1960年代後半といえば、本が飛ぶように売れた時代。なかでも家計簿が付録の婦人誌新年号はヒット商品、そこそこの書店なら4、5百冊は売っていた。それが進の家は、この販売部隊のおかげで2千冊はさばいていた。

売り上げの一部を進は美術部の部費にまわした。豪勢な忘年会も開催した。だから組員、いや部員も悪い気はしなかった。そのうち、よそのクラブからも助っ人がくるようになった。進は文化局もシメていたから「貢献度によっちゃ、部に昇格できるようにしちゃるで」と誘って手伝わせた。いわばやりたい放題だった。

「とにかく、商売では負けとうない」それが進の信念だった。

大学を卒業すると武者修行のつもりで上京し、関東一円を地盤にする社員150名あまりの山吉証券という中堅の証券会社に入社した。その年は、たまたま社長が交代したときで、自分の派閥を作りたい新社長の目に留まった進は、見込まれてスカウトされた。入社する前から新設されたばかりの寮の寮長に抜擢され、入寮する新卒社員の指導を任された。そして新入社員代表として重役会議にも出るようになった。

社長派のトップ格として地盤を強固にした進は、出世は約束されたようなものだった。しかし、最初から武者修行のつもりだった進は、3年で区切りをつけて広島に帰ってきた。

そのときに一緒についてきたのが、とも子だった。進のつぎの年に短大新卒で入ってきた後輩。社内でも評判の美人で、仕事もできた。

進は、会社を辞めることにした。先が見えない境遇になる。それで彼は、付き合っていたとも子と別れる決心をした。いや、したつもりだった。しかし、彼女のチャーミングな笑顔を見ると、いつまでも別れをいいだせないでいた。

そんなある日、きょうこそはと、あらたまってとも子と向き合った。

「別れよう」今度こそ、そう切り出すつもりだった。

…オレと別れたら、お前もいつかは誰かと結婚する。そしたらその男にお前は抱かれるんだろうな…。

「冗談じゃない!」

お前とお前のからだは、オレだけのものだ…。

すると、思わぬ考えが進の頭に浮かんでしまった。

「結婚、結婚するぞ!」

先が見えない境遇となっても、このオンナだけは何をしてでも食わしていく。

その覚悟が突然わいてきた。

「おれがもし屋台を引っ張るようになったら、お前は後ろから押してくれないか?」

それがプロポーズの言葉だった。

「いいわよ、ついて行ってあげる。後ろから押してあげるよ」

とも子はそういって、進の胸に飛び込んできた。

このときから、山根進ととも子との共闘生活がスタートした。進がブルドーザーのように新規ビジネスを開拓し、とも子が逞しくサポートする二人三脚の人生だ。

当時、広島ではC書店という新興の書店チェーンが勃興してきた。スタンド販売といって、あちこちにスタンドを立てて本を売っていた。いまでいうキヨスクのような存在だった。

—なるほど、これからはフットワークのいい書店が伸《の》してくるんだ！

虎視眈々《こしたんたん》とビジネスチャンスをうかがっていた進は、これにならって家業の書店を拡大してやろうと考えた。ところが跡継ぎの長男は安定志向、「配達だけしときゃいいじゃないか」というタイプだった。

「小さな書店で主導権争いをしてもはじまらない」と、進は家を出た。そして、かつての職歴をたよりに地場の証券会社に中途採用で入社。ここに勤めながら、なにか商売をはじめようと考えていた。

なんとなく喫茶店ならできそうだと考えていたころ、母校の広島経済大学の美術部に遊びにいったら、見かけない後輩部員の中に、親から仕送りを止められて３年にあがれそうにないという情けないヤツがいた。

「それなら、わしんとこで働け」と声をかけて、喫茶店の運営をまかせた。

これが進の起業はじめ。１９７７年、広島東洋カープが初優勝を果たして広島中が大騒ぎになった翌々年のこと。柳ジョージ＆レイニーウッドのブルース「雨に泣いている」が、時代の気分を代弁して大ヒットした年のことだった。

◆

１９７４年に、進が東京を引き払って広島に帰ったのと入れ替わるように、その翌年、ある若者たちが上京していた。それまで広島で「メイフラワー」というバンドを組んで活動していたミュージシャン仲間。彼らはイギリス帰りのブルースギタリスト、柳ジョージに誘われて柳ジョージ＆レイニーウッドを結成し、ひと旗揚げるために東京にでることになったのだった。

そのグループのリーダーとなったのが、当時22歳だったキーボード奏者、作曲家の上綱克彦。東京と広島間ですれ違うように人生が交錯した進と上綱とが、後年、親交を深め、同じ『まちづくり』の夢を共有することになろうとは、知る由もなかった。

1953年生まれで進の3つ年下になる上綱は、進とは対照的な環境で育った。上ふたりが姉の2女1男の末っ子で長男という、〝軟派〟が約束されたような境遇。当時にしては珍しく、姉たちのためにピアノ教師が家に教えにきていた。

上綱が小学校に入学するころ、「ついでにあなたも」ということになって、上綱はピアノを習うことになった。とくにピアノが好きだったわけでもなく、遊びの時間を奪われたくなかった上綱は「逃げまわりながらも逃げ切れず」鍵盤の前に座らされることになった。

幟町中学にあがると、ベンチャーズにしびれ、グループサウンズに興奮し、いつかエレキバンドに憧れるようになった。学校は街中にあったから、あたりの老舗や流行店の経営者の息子とかが集まっている。

「楽器やったら女の子にモテるで！」というお決まりの動機で「バンドやろう！」と声をかけたら、すぐにメンバーは集まった。そのとき、ピアノを習っていた経験が役立った。

上綱のバンドはめきめき腕をあげ、〝バンドの甲子園〟ともいわれていたコンクールの全国大会で優勝もした。なかでも上綱は崇徳高校在学中からその世界では名を馳せ、「あいつは絶対にプロになるで！」と評判だった。

それまでの数年間、イギリスで活動していた柳ジョージは、1975年に広島にギタークリニックで来訪した。グループサウンズ時代に柳はゴールデンカップスでやっていた時期があって、そのとき彼と面識があったバンドメンバーが「せっかく広島に来たんだから、やろうやろう」と声をかけて、ライブハウスで一緒にプレイすることになった。そこで意気投合した柳から、「バンドを作りたかったんだけど、東京にでてきてやるつもりがあるんだったら」と上綱たちは誘われた。

柳は当時、「知る人ぞ知る」マニアックなブルースギタリストだったが、これはチャンスだとばかりに上綱たちは話に乗り、トントン拍子にバンド結成が決まった。

上綱にとっては、東京でひと旗揚げるための修行となった広島時代。一方の進は、修行のために東京に出た。ここで、ふたりの信念も交錯していた。

柳ジョージ&レイニーウッドは、アルバムは出してはいたが、ヒットにはいたらず苦節は3年ほどつづいた。ブレークのきっかけを作ってくれたのはショーケンこと萩原健一だった。ショーケンのライブツアーにバックバンドとして同行したのが縁で、彼が主演するテレビドラマ『死人狩り』の主題歌に「雨に泣いている」が使われることになり、名前が知られるようになった。

そして、進が広島でコインランドリーをはじめて起業家としての手応えをつかんだ1978年。上綱たちのバンドが「夜のヒットスタジオ」に出演し、スタジオ内に雨を降らせた中で演奏するという伝説のシーンで人気に火が点いた…。

この番組出演によって状況が一夜にして変わった。翌日にはレコードがすべて店頭から姿を消した。すぐにプロモーターからオファーがきて、芝郵便貯金ホールでの単独コンサートが決まり、チケットは瞬時にソールドアウト。年明けには中野サンプラザで追加公演と、一躍超売れっ子バンドとなった。

翌1979年に発売された4枚目のアルバム『RAINY WOOD AVENUE』は、オリコンアルバムチャートで初登場1位を獲得。日本の音楽シーンに金字塔を打ち立てることになった。

そのころ進は、広島ではじめてコインランドリーを開業。ニュービジネスの先駆者として名乗りをあげていた…。

このコインランドリーの成功に気をよくした進は、1980年には証券会社を辞めて独立、その名のとおりイケイケドンドンで、つぎからつぎへと新規ビジネスを開拓し実現していった。レコードのレンタル事業、そして、まんが喫茶、まんがレンタル、と…。

第2章　1981年、夏

「おやっさん、すんまへん！」

頭をかきながら、平尾理人《さとし》が千田町の事務所に飛び込んできた。

「事故ってもうて…」

進は事務机から跳ね起きて、平尾の頭を軽く平手打ちした。

「あほか、お前は。死ね！」

外に出てみると『自家用』カローラの側面が大破して、ヘッドライトは粉々に砕けていた。配達中に平尾は海岸線の防波堤に車をぶつけた。炎天下に運転しつづけて、つい集中力が欠けてのことだった。しかし、幸いにも自損事故だったので、進は胸をなでおろした。

「こりゃかなり要るで、修理費。バイト代からさっ引いとくからな！」

平尾は返す言葉がなかった。

進の鼻を明かしてやろうと、大学の夏休み返上で車を走らせ、喫茶店を見つければ速攻で飛び込んでは、「まんがのレンタル、してもらえませんか？」と営業をかけてきた苦労が水の泡になってしまった。

喫茶店にまんが本をレンタルするという、当時としては斬新なニュービジネスのアルバイト。新規に契約が成立すれば1件5千円。いままで50件ちかく成約していたから20万円以上は稼いでいた。それがほとんどパーになるかもしれなかった。

平尾は広島大学に入学した1981年の春から、進のまんがレンタルのバイトをするようになっていた。もともと求人に応募して決まっていた学友が都合でできなくなったために、お鉢がまわってきたのがきっかけだった。

面接ではじめて進に会った平尾は、いきなり紋切り口調でこういわれた。

「基本給はゼロ。レンタル1件成約すれば5千円の歩合給だ。これ以上でも以下でもない。車は自由に使っていい。ガソリン代は会社が負担する」

日焼けした精悍な顔に威厳をたたえて、進は最後に念を押した。

「それでよければ、採用だ」

平尾が条件反射のように「やります!」と頭をさげたのは、「それでお前にできるか?」と、進に値踏みされた気がして、負けん気に火が点いたからだった。まんがレンタルのパイオニア的な存在が進だったから、広島はもちろん全国でもこのビジネスは未開拓で将来性もあった。いわば「入れ食い」状態で、営業にまわればまわるほど実入りはあった。

広島大学の工学部に在籍していた平尾は、後年は大企業に就職し技術畑一筋で、営業をしたのはこのバイトが最初で最後。それでも面白いように契約が取れたのは、平尾の負けん気ばかりか、潜在的な需要があったからにほかならない。

このバイトには、進の提示した条件にはなかった余録があった。それは食事。バイトの合間に入り浸っていた喫茶びっくの~ずで、とも子が食べたいだけカレーをふるまってくれたのだ。そのうち、バイトが終わってから吉島西の自宅で晩飯をごちそうになって、そのまま泊めてもらう日もふえていった。いつからか平尾は、下着までとも子に洗ってもらう、山根家の長男のような立場となっていたのだった。

進の晩酌の相手をさせられた平尾は、よく説教された。かつてはやり手の証券マンだった進は商売のことばかり、とにかく口やかましかった。

はじめそれを自分への助言と素直に拝聴していた平尾だったが、それが実は進自身の成功体験の自己承認であり、野望の確認でもあることはすぐにわかった。それほど当時の進は、ビジネスの開拓と拡大にアグレッシブだった。一国一城の主、天下人をねらう野心家で、勢い余って広島一の飲み屋街・流川にまんがレンタルの店を出してしまうほどだった。

もともとが理系で、べつに商売人になるつもりもなかった平尾には、進の説教のなかには耳に響かないものが少なくなかった。それでも、毎晩のように聞かされるうちに、いつの間にか血肉のようになっていた言葉があった。それが山根家の家訓、「いったらやる、やるからには結果を出せ」だった。

平尾にたいして、うるさく説教する進をなだめる役でもあったとも子も、この説が出たときだけは同調した。というより、「自分がいつもこのひとにいい聞かせているのよ」と進を指差すのだった。

「平尾くん。結果を出せない行動は、しないも同じだからね。過程が大事だなんて最初から甘えてたら何事も成功しないわよ」

年上の憧れの女性でもあったとも子にまでそういわれると、うまい酒が臓腑に染み入るように、その言葉は平尾の心に染みた。喫茶店でのとも子の働きぶりを目にし、自宅の炊事洗濯でも、湯沸かし器もなしでこなしているとも子の生き様を知っていただけに、彼女がいうと説得力があった。

卒業後は大企業に就職し、出世争いに否が応でも巻き込まれるようになった平尾にとって、この山根家の家訓が自分の信条として支えになった。そして進に会うときに成果を自慢したいという思いがモチベーションとなって業績を残すことができた。


それまで自宅近くの吉島で営業していた喫茶「びっくの～ず」を鷹野橋のお隣り、千田町の広島大学の正門横に移転したのが1981年、昭和56年のことだった。

レンタル用のまんが本とレンタルレコードの保管用に借りていた倉庫に広大生

が出入りするようになって、裏に並べていたマンガを読ませてくれといい出した。そこで倉庫内をパーテーションで仕切り、タイムカードを設置して時間に応じて料金を徴収する『人間駐車場』にして、自由にマンガを読めるようにした。すると、すぐに広大生でにぎわうようになった。そのうち近所の店からコーヒーや食事の出前をとってマンガを読みふける学生もでてきて、それならいっそのこと自前で提供しようと、学生街の喫茶店・びっくの〜ずはスタートした。

最初は奥にテーブルをふたつ置いただけの素っ気ないレイアウトだったが、平尾たち学生が天板を持ち込んでカウンターを手づくりするなどして喫茶店らしい店舗になった。といっても、当時のメニューは、カレーライスとコーヒーしかなかった。カレーライスのカレーは白いカップに入れて出される。ライスは炊飯器のジャーから好きなだけ盛れる「お代わり自由」で料金は300円。貧乏な広大生には大人気だった。

そのカレーは、ハウスのバーモントカレー。コーヒーも家庭用のコーヒーメーカーで淹れるような店だった。そんな家庭的な雰囲気が、平尾は嫌いではなかったし、ほかの広大の学生たちにとっても居心地がよかったのだろう。当時は何百冊もまんが本が揃っている「まんが喫茶」はどこにもなかったこともあって、びっくの〜ずから客足が途絶えることはなかった。

面倒見のいい進と世話好きなとも子のまわりには、自然に学生たちの輪ができるようになった。恋愛の悩みから就職の相談まで、ふたりは親身になって学生たちに接した。進は新聞の読み合わせをしたり、実社会の知識をレクチャーしたり、就職のテクニックを伝授したりした。平尾はじめ多くの常連が大企業に就職し、その先輩が後輩をリクルートしたため、びっくの〜ずは広大の〝学外就職課〟のような存在となっていた。

また、この店で知り合った者同士が結ばれるケースも少なくなく、〝結婚相談所〟の様相も呈していた。2004年に閉店するまでに、この店で結ばれたカップルは120組あまりを数えていた。平尾の夫婦もそのうちのひと組だった。

びっくの〜ずの店内には、まんがの単行本を500冊ほど置いていたが、すぐ

に「もう全部読んだから」と、新しいのに変えてほしいとリクエストがきた。これがまんがレンタルビジネスのヒントになった。

進はさっそく喫茶店専門のまんがレンタル業をはじめて、広島市内の喫茶店をまわりはじめた。行く店行く店で契約が成立するので、棚の交換業務にまで手がまわらなくなった。そこでアルバイトを募集することにして、採用したのが平尾だった。

まんがレンタルに可能性を見いだした進は、販路を拡大するために広島市内にとどまらず、呉、福山、ついには平尾をともなって大阪にまで営業にでかけた。そのころはまだ、全国的にもまんがレンタル店はなかったのだ。

しかし、びっくりの〜ずが広大横に移転したのに呼応するかのように、広島大学の東広島市西条への移転がはじまった。1982年には平尾が在籍していた工学部から順次キャンパスが千田町から消えていき、1995年に教育学部、法学部、経済学部が完了したところで、夜間部を残してほぼ移転が終了。びっくりの〜ずは、その変遷を横目で見守りながら営業することになった。

進のビジネスにも、しだいに影がさすようになった。学生街の喫茶店から、学生の姿がひとりふたりと減っていった。まんがレンタル業にも新規参入する業者があらわれ、進の足下の広島からマーケットはしだいにしぼんでいった。

進のビジネスのフィールドが縮小していくのとは対照的に、広島大学本部の空洞化は進み、跡地は拡大して行った。地元で精力的にビジネスを展開していた進は、その空洞のブラックホールに吸引されるように、広大跡地とかかわりを強めていくことになる。

広大のキャンパスが千田町からつぎつぎに失われつつあった1992年。進は広島大学の法学部二部に学士入学した。不惑も過ぎた42歳のこと。広大が完全移転する前年で、彼は千田キャンパス最後の学生となった。

進のからだは起業の連続、猛烈なビジネス生活ですっかりまいっていた。それまでの過労が積もりに積もって、最後には黒い血となって吐き出されたのだ。

病院での診断は、十二指腸潰瘍だった。

「このままじゃ、死にますで」

医者にそういわれて、仕事も遊びもドクターストップ。とにかく安静にしているしかなくなった。それで仕方なく、進は本を読みだした。

本屋の息子だから、それまで本は読まなかった。「本は売るもんで、読むもんじゃない」という考えが身にしみていたからだ。ゆっくり本を読んでるようじゃ、儲かっとらんということ。本はいかに売るか、それしかなかった。

証券マンだったから日経はじめ新聞は読んでいたが、時間を割いて本を開いている余裕もなければ、そんなことをする気もなかったのだ。

本を読むようになって向学心に目覚めたころ、喫茶店に70過ぎの老人が顔をだすようになった。ある日、なぜ毎日のように来るのかと聞くと「いまから大学に行くんじゃ」という。なんと広大の学生だったのだ。

この老人の存在が刺激になった。70過ぎの大学生がいるなら、不惑なんてガキみたいなものだ。あらためて勉強してみようと、進は広大を受験することにした。進は自信のある論文だけの法学部を受験。面接では元証券マンの口八丁手八丁ぶりを発揮して、見事に合格した。

進が入学した翌年。総合科学部の移転が完了したとき、残されたキャンパスの大学祭実行委員会は数名になっていた。仕切り屋の進は、さっそくこれらの学生を束ねて「広大跡地問題を考える会・広大コロンブス」を結成した。そして、これが実行委員会となって、その翌１９９３年に、地元商店街もまき込み千田公園で「千田祭」を開催した。フリーマーケットと音楽イベントの融合。これがウケて、入場者は２万人あまりを数えた。

◆

このころ進のからだに、異変が起きていた。

１９９５年の6月、進が45歳のときだった。小用をたした際、白い便器に一滴、ピンクの花が散った。血尿だった。

不吉な予感を胸に、近くのT病院の秘尿科にいった。

「山根さん、立派ながんだよ」

医師が告げた病名は、膀胱がんだった。

すぐに内視鏡によって摘出した。1回の手術で成功し、それからの定期検査でも異常はなかった。5年もすると再発するといわれていたが、それもなかった。しかし、がんを宣告された事実は重かった。商売、商売で駆け抜けてきた人生だったが、価値観ががらっと一変した。

「人間、いつ死ぬかわからん」その事実が現実のものとなったのだ。

「こうなったら、もうゼニ金じゃない!」

そのときから進は、いま生きている証がほしくなった。未来につながる使命がほしくなった。

—人間、死ぬときは使命を終えたときだ。だったら何か使命がある限り生きつづけることもできるだろう…。

そのころ、ちょうど千田祭が危機に直面していた。地元商店街が手を引くことが決まって、後ろ盾を失っていたのだ。そんなことにクビを突っ込んでも、何の得にもならないことはわかっていたが、すんなりと気持ちは傾いた。

「わしひとりになっても、千田祭はつづける!」

とも子にその思いを伝えると、彼女は驚きもせずにうなずいた。そして、念押しするようにこういって笑みを浮かべた。

「いったからには、やる。やると決めたら結果をだす。これが山根家の家訓よね」

祭りは2、3万人を動員するイベント。これがなくなることの地元への影響は小さくはない。

「地元のためにもなる祭りじゃろ」

あらためて理事会で説得を試みたが、同意はえられなかった。

「あんたも理事なんじゃやけえ、いっしょに降りてくれ」と、逆に強要された。

進は、ずいぶんと勝手な話だと思った。地元の活性化のための祭りではないか。その恩恵を蒙ってきた地元が、大学の移転で補助金が期待できなくなったからって、簡単にやめていいのだろうか…。

怒りがわいてくると、同時にやる気もでてきた。

「それなら、こっちから理事辞めて、祭りをつづけるけえ」

進は、そう開き直った。

1998年8月。あらたに立ち上げる祭りは「千田祭」に、にぎやかなイメージの「わっしょい」を加えて「千田わっしょい祭」として継承することにした。補助金なし。地元商店街の協力もない。100を超すフリーマーケットのブースを管理し、ステージの音響設備費、出演者のギャラなども払わなければならず、赤字になるのは見えていた。やってもせいぜい1回か2回、ほっといても、すぐに根をあげるさ、とまわりは踏んでいた。

ところが、翌年には広大本部跡地で開催されていたグリーンフェスタの後を受けて、ここで開催されるようになったこともあって、祭りはしだいに盛大となった。移転を機に毎月ベースで年10回、2019年時点で通算380回あまりを数えるイベントにまで成長した。

その事務局が、びっくの~ずに設けられたことで、店は「学生街の喫茶店」から「市民活動の拠点」という性格を帯びることになった。

千田わっしょい祭は、回を重ねるごとにフリーマーケットの出店者が増え、すぐに200を超えるようになった。出店フィーもかなり入るようになっていたが、それだけスタッフの人件費などもかさんで、運営的に楽になることはなかった。

しかし人間関係の輪は確実に広がっていった。進は広島の各界さまざまな人間と交流するようになった。そして、そのネットワークが、さらに進を人間的に成長させていった。また、生来の面倒見のよさから、進のまわりには急速に求心力が生まれはじめていた。

それまでの進は、ひとをひととも思っていない、〝強引マイウェイ〟な人間だった。

「ひとを褒める、ひとを好きになる、それがあなたには欠落しているの。ひとは道具じゃないのよ」

とも子には、よくそう諌められてもいた。

それが祭りのためにと、ひとに頭をさげるようになった。みんなのために、からだを張るようにもなった。それがとも子にはうれしく、また自慢でもあった。

ひとがちがったように人間的に大きくなった進だったが、彼の代名詞はあくま

でも「鷹野橋の山根」、「千田わっしょい祭の山根」だった。とも子は、しだいにそんな進に物足りなさを感じるようになっていた。進にはもっと飛躍してほしい、地元にこだわらずに、もっと大きな場で活躍してほしいと願うようになっていた。

「あなたは、世のためひとのために何かをするひと。それができるひとよ」

そういって、進に喝を入れるのだった。

「千田わっしょい祭も、あんなにたくさんのひとが来て喜んでくれる。それがうれしいの。その喜びの輪を、もっと広げてほしい」

祭りはやるたびに赤字が出ていたはずなのに、そのことでとも子は小言も不平不満も一切いわなかった。進が自分勝手にやっているイベントではなかったし、そのために被る苦労ではなかったからだ。

「男の価値は、どれだけたくさんのひとを愛せるかよ。何億円も稼ぐひとはたくさんいるけど、たくさんのひとを愛せるひとはそんなにいないんだから」

そんなことを、とも子はよくいっていた。

進が広大の横にビジネスの拠点を移して、あらたな展開をはじめた1991年。柳ジョージ&レイニーウッドが5年あまりのバンド活動に終止符をうって解散、リーダーだった上綱は、生活のベースを東京から広島にもどした。

バンドがブレイクする前も、「雨に泣いている」が爆発的なヒットをし、生活環境が激変してからも、「郷土愛が強い」上綱は時間さえあれば広島には帰っていた。

そうこうしているうちに、生まれ育った宇品で、「親戚の子が『宇品共和国』という面白いことをやっているから会ってみたら」と親に誘われるままに、そのイベントに顔をだすようになった。そこで、まちおこし、まちづくりに関わるようになって、イベントをやったりしているうちに、「跡地問題の山根」という面白い男がいると聞いて会ってみた。

柳ジョージ&レイニーウッドがメジャーになったおかげで、それなりの人物にも会い交流をもつようになった上綱だったが、初対面で「ひとクセあって面白そうなやつだ」と気に入った。

なんでも遠慮なくゴツゴツいい合う仲、冗談をいい合う関係になるのに、それほど時間はかからなかった。進のほうが3つ上だったが、すぐに気前のいい兄貴のように慕うようになった。

ある日、酒が入った席で上綱が切りだした。

「世の中に、まちづくりをいうやつは山ほどいるが、どれもつづかないんだ」

ボーカルで歌い込んだ独特のハスキーボイスには、いつになく力があった。

「じゃけえのう、俺と組んでやりたいんだったら、ぜったいに逃げるなよ！」

すると進は、心外そうな顔をしていい返した。

「わしが逃げるわけあるまあ。いったらやる、やったら結果を出す。それがわしの信条じゃ！」

進はグローブのように分厚い掌で、上綱の肩をたたいて見得をきった。

「じゃろうの」

わが意をえたり、とばかりに上綱はいった。

「三国志の桃園の誓いじゃないが、これからふたり力を合わせてやっていこうじゃないか！」

バンドで成功することを夢見て上京した男と、ビジネスの世界でのし上がるために東京に修行に出た男との人生の軌跡が、「まちづくり」というテーマでつながった。柳ジョージ&レイニーウッドで音楽シーンを席巻した上綱は、こんどは山根進&上綱克彦のコンビで、広島でさまざまなムーブメントを起こすことになる。

広島には100メートル道路の側道、あるいはウォーターフロント周辺に、他の土地にはあまり見られない独特の「公開空地」という公共の広場が少なからずある。そのスペースを面白く使って何かできないか、とふたりは思いたった。

「音楽と、ひとびとのくつろぎの空間が溶け合って、ひとつの風景になるようなオープンカフェ」そんな企画が浮かんだ。

そこで広島市をくどいて、全日空ホテル（現ANAクラウンプラザホテル）の前の緑地帯で「カフェ・ド・ヴェール」を実現した。8月の夏休みの丸々1か月、広島市の中心部にひとびとの憩いと音楽とが風景となるオープンカフェが誕生したのだ。緑陰にほぼ2メートル四方のミニステージを組んで、耳に心地のいい音楽を無料で提供した。出演者は広島で活躍しているミュージシャンやグループを中心に上綱がブッキングした。

無料とはいっても、それなりのクオリティは保たなければ、風景どころかただのノイズになってしまう。その見極め、さじ加減は広島に限らず全国の音楽シーンに広くネットワークを持つ上綱の世界。進にはないものだった。

ふたりは、たがいにないものを補いながら、またお互いに刺激しあいながら〝まちづくり兄弟〟として随伴しながらイベントに取り組んできた。そして、いつからか絆が深まっていった。

「すべての芸術家は音楽に嫉妬する」というが、根っからの商売人、新規ビジネスの開拓者を自任していた進も音楽に嫉妬した。そして、上綱との出会いからは意識して音楽をわが人生に、そしてまちづくりに取り込んでいく…。

まちづくりのフィールドを、広島大学本部跡地からしだいに広げていった進の前には、あらたな世界がひらけてきた。

1995年、広島市のまちづくりを市民が主体になってやっていこうというプロジェクト『未来大学』の二期生となった進は、これを契機に急速に広島市のまちづくりにかかわっていくことになる。それなりの〝人物〟にも出会うようになった。

◆

そのうちのひとりが、後年、「まちづくりの盟友」となる渡部朋子だ。ふたりは1997年7月、『ボランタリー総合支援センター研究会』で偶然にも隣り合わせた。

渡部には、山根の風貌・存在感はインパクトのあるものだった。

「なんと大きな鼻をした、頑丈なからだつきの、大きな声の男性かしら」

それが彼女の第一印象だった。

上綱と同じく進より3歳年下の渡部は、1989年に特定非営利活動法人『ANT－Hiroshima』を立ち上げ、広島から平和を訴えつづけるとともに、アフガニスタンの難民支援やパキスタンの地震復興支援などに尽力。また、広島を訪れる海外の研修生などを対象に、国際理解や平和教育を実践するなど、独自の平和活動を実践していた。

法人設立以前から、骨髄バンクの設立にかかわるなど、地道で広範な市民活動に取り組んできた渡部の目には、進は頼りなく見えた。当時は、ガキ大将がそのままいいオヤジになった男、ただがむしゃらさだけが取り柄の男に見えた。進の言動に広島市の将来を見据えたビジョンをうかがうことはできなかった。

そんな進が、未来大学で揉まれ市民交流プラザの立ち上げにかかわるなどの経験を積んで、またたくまに市民活動家として独自のスタイルを構築していった。渡部はその変貌ぶりに進の器の大きさを知るとともに、彼の影にいるとも子の存在に興味をもった。

会合などで何度か進と顔を会わせるうちに意気投合した渡部は、しばしば千田町のびっくの～ずに顔をだすようになった。そこでとも子の人柄にふれ親しく話すようになると、同じ「ともこ」のよしみもあって、すぐに打ち解けるようになった。そして進と3人で歓談を重ねるうちに、彼女が進の人生の戦友のような存在であることを知った。容貌魁偉《ようぼうかいい》、偉丈夫の進が、じつは寂しがり屋で小心で、とも子がイメージする男になりたい、というモチベーションが行動の原動力になっているのは、おのずと知れた。

進の存在が世間に知られ、発言力をもちはじめたきっかけとなったのは、いうまでもなく「千田わっしょい祭」だった。年々盛大になっていったイベントは4年目を迎えた2001年に広島市の「ひろしま街づくりデザイン賞」（2000年度）を受賞。進は活動団体「千田わっしょい祭実行委員会」の代表者として表彰された。これによって進は、公的に広島の市民活動家として認知されることになった。

その選考理由はつぎのようなものだった。

●選考理由／フリーマーケットやコンサートなど誰でも参加しやすいイベントとして、定着してきており、若者を中心に世代を超えた人々の交流の場となっている。多くの人が集い楽しむ様子は、空洞化しつつある都心の風景ににぎわいをもたらしている。

こうして、市民活動家としてもステップアップしていった進だったが、その足下で不測の事態が進行していた。とも子のからだを病魔が蝕んでいたのだ。「貧乏も苦にならない」とも子だったが、心労がなかったはずはない。新規ビジネスの開拓に忙しかった進、まちづくりに奔走する進に代わって、喫茶店とコインランドリーの運営と経理を任された負担は半端ではなかった。さらに千田わっしょい祭が垂れ流す赤字をまかなうための金策が、日々の悩みのタネだった。最初のころ、千田わっしょい祭は1回開催するごとに150万円前後の支出があった。商店街は逃げてしまったし、補助金はゼロ。それに何十人ものスタッフの日当もバカにならなかった。しかも、進はどれだけ赤字でもスタッフを慰労する飲み会は欠かさなかった。そんな経費は、まんがレンタルやコインランドリーの売り上げ、喫茶店のレジからまわさざるをえなかった。

進はもともと商売人。そんな金の出入りがわからないわけがない。心配になって、とも子を問いつめたこともあった。

「ほんまに金は大丈夫なのか？」と。

するとと、とも子は決まって「あるわよっ」と、こともなく応えるのだった。

進が繰り返し問いつめても、「あるものはあるんだから、心配しないで！」と、噛み付くように怒った。

千田わっしょい祭は、商店街が手を引くといったのに、進はひとりでもやると決めた。そして、その決断を自分も後押しした。だから、とも子はなんとしてもつづけてほしかった。このイベントが山根進という男を、山根進たらしめるライフワークになることを疑わなかった。とも子にとっては、この〝勝負〟に負けたら、山根進は存在しないも同じだった。

第3章　20年目の祭り

「バカいってないで、早く寝なさい！」

深夜のふたりの歓談もタイムアウトとなった。とも子に促されて、進はしぶしぶ床に入った。タオルケットを腹に巻き付け、とも子に背を向けて横たわったが、残暑のせいもあって、なかなか寝つけなかった。

じっと耳を澄ましていると、さっきまで鳴いていた鈴虫の音もやんでいて、しんと静かな蛍光灯の光の下で、とも子が伝票整理のつづきをしているのが気配でわかった。が、そのうち衣《きぬ》を擦る音がして、彼女がしきりにからだをさすったり、ねじって脚を揉んでいるような気配が伝わってきた。ときどきため息がもれて、手が止まったのは、とも子が何か考えに沈んでいるからだろうか…。その姿が進には肉眼で見るように瞼に映じた。

そのとき進は、次男の弘が数日前に気になることをいっていたことを思い出した。

「最近、ときどきお袋に足を揉まされてるんだけど、どこか悪いんじゃないかな。

かなり浮腫《むく》んでるし」

この春27歳になった弘は、紆余曲折を経て入学した鍼灸の専門学校の卒業を翌年に控えていた。いわば医療士の卵である彼が、顔を曇らせて進に告げた。

弘からいわれるまでもなく、進もとも子の異変には気づいていた。ただ、その事実を認めたくなかった。

「もしかして、とも子が…」

そう疑ってみることすら、恐ろしかった。

とはいいながら、日々の生活のなかで、その疑念を払拭できない現実が目の前につきつけられていた。夏に入ってノースリーブになったとも子の二の腕が急に細くなったのを、進も認めざるをえなかった。掌が少し筋張ってきたようにも見えた。最近になって、進がじゃれて手を握ろうとすると、とも子がさり気なく避けるようになったのは、それを悟られたくないからかもしれなかった。

不安になった進は、翌日とも子に進言した。

「病院に行って、診てもらったらどうや」

しかし、とも子は頑として聞き入れなかった。

「私は病気じゃないから」そういって、働く手を止めようとはしなかった。

しびれをきらした進は、ある日、強引に家に医者をつれてきた。「とにかく一度、診てもらってくれ！」と、拝むように頼んでみた。

それでも、とも子は首を縦には振らなかった。

「病気なんかじゃないっていってるでしょ。帰ってもらって！」

それからは、進も強いて検診をいうことはなくなった。

とも子だって、自分の異変から、がんを疑っていないはずはない。それなのに、かたくなに病院行きを拒んでいるのは、彼女なりの覚悟を決めているからだろう、と。

もし、がんで入院することになったら、もう家に帰ることはできない。そうなったら喫茶店の営業はできないし、千田わっしょい祭の手伝いも不可能になる…。毎月、毎日のようにまわってくる請求書を処理し、借金をやりくりすることは自分にしかできない。病院なんかに行けるわけはない。なにより、借金の実態を知られることが怖いのだろう…。

進には、おおよその推測はできた。たぶん借金の金額は膨れ上がって何千万円になっているはずだ。千田わっしょい祭のように、ボランティアでイベントをつづけていれば、借金がかさむのは当たり前。その実態を進が知れば、「もう祭りはやめる」といいだすにちがいない。それをとも子は恐れてもいたのだろう…。

とも子は、その２００３年の12月23日、びっくの～ずの店内で突然呼吸困難になって倒れた。とも子が救急車で運ばれようとしていたとき、進は広島市の審議委員をつとめる会合から帰ったところだった。あわてて担架にかけよった進に、とも子は苦しい息でいい残した。

「家のタンスの引き出しにしまってある黒い袋…。あれだけは、ぜったいに見ないで…」

たぶん請求書とか借用書とかだったのだろう、進は何度も頷きながら救急車に乗り込んで病院まで付き添った。

病院に緊急搬送されて検査の結果、病名は「卵巣がん」だった。卵巣のがん細胞がラグビーボールほどに膨らんで肺を圧迫、それで呼吸困難を引き起こしたのだった。

死を意識していただろうとも子がその夜、ベッドの枕元で寂しそうに遺言のようにいった。

「もうあなたは大丈夫。他人《ひと》の話を聞けるようになったもの。他人《ひと》の立場で考えられるようになったもの」

でもね、と彼女は付け加えることを忘れなかった。

「あなたには他人《ひと》の痛みはまだ理解できない。失敗がないんだから。本当に落ち込んだことがないんだから。それがこれからの課題ね」

「これからの、なんていうなよ。まだまだ、おれのこと、見守っていてくれよ!」

「できれば、わたしだってそうしたい。でもね、もうダメみたいって、何日か前から感じてた…」

「人間、使命があれば生きられるさ。とも子、お前にはまだ、おれを育てるっていう使命があるだろ！」

枕元に突っ伏すように泣き崩れる進の顔を、そっと持ち上げるようにして、ともも子はささやいた。

「私はあなたといたいから、あなたと結婚したの。いままで、ずっと一緒にいることができたんだから…」

その夢は叶ったもの、ともも子は小さく笑って進のわし鼻を突ついた。

「でもね、せめてあなたを看取りたかった…」

その2日後の12月25日、とも子はあっけなく病院のベッドで息を引き取った。51歳という早すぎる旅立ちだった。

そのとき進の手元に残されたのは、前々日の審議委員会の謝礼として広島市から手渡された1万2千円と、運営者を失った喫茶店とコインランドリーのふたつの店舗だけだった。とも子がいい含めていった課題は、とも子が身をもって教えてくれることになった。彼女を失った進は暗闇の底に沈むほど落ち込んだことで、本当の痛みを知ることになったのだ。

とも子の葬儀は、町の集会所でやった。つましい会場には元広島市長の平岡敬、前市長の秋葉忠利の、ふたりの市長が参列したほか、商工会議所の副会頭、市県議会議員、そして何よりとも子を慕っていた学生たちが全国各地から150名あまりも集まった。

その数約600名。父親の葬儀に300名も集まって度肝を抜かれた進だったが、倍の参会者があった。もちろん、その大半は進の妻の死を悼むひとびとだった。

ポケットには1万2千円しかなかった進だったが、葬儀を終えてみれば、香典が360万円にもなっていた。

「これは亡くなった奥さんからのプレゼントだよ」

葬儀委員長を引き受けたタウン誌『月刊ぴ〜ぷる』のK社長が、その香典から工面して、鷹野橋に高級マンションを借りてくれた。

こうして進は、とも子とともに30年ちかく住んだ吉島西の店舗付き住宅を引き払った。とも子と暮らした記憶と決別するための資金を、彼女の死がもたらしてくれたのだった。

母親の死を知って、長男の大が東京から飛んで帰って来た。親子の確執がもとで勘当状態となって長年音信を断っていた大だったが、葬儀がすんでからも3か月ほど広島に滞在して、とも子に代わって借金の清算に奔走した。喫茶店もコインランドリーも処分して返済に充《あ》てた。それでも進には、1千万円ほどの借金が残った。

とも子を失って進は腑抜けになっていたし、次男の弘は鍼灸の国家試験を控えていて時間が取れず、長男の奮闘は心強くもあった。

「オヤジ、あとはあんたがしんさい」

大は現金9万円とともに、そういい残して東京に帰って行った。

◆

「行くところはあるんだけど、帰るところがない…」

とも子が死んでしまってから、進はずっと心の中でぼやきつづけていた。あたらしく移ったマンションは、心機一転のベースになるどころか、広くなったぶんだけ空虚な気持ちを増幅する装置にしかならなかった。

商売からは手を引いた進だったが、千田わっしょい祭だけはやめようとは考えなかった。とも子に背中を押されるようにはじめたお祭り、ふたりで共に戦いながら守ってきたイベント、それを手放すことは、とも子の魂との別れになることを直感していたからだ。

とも子を失った進は、その空虚な気持ちの穴を埋めるために、取り憑かれたように市民活動、平和運動にのめりこんだ。それでも得られない達成感を求めて、さらにがむしゃらに突き進むような感じだった。

そのころの進の市民活動家としての立ち位置は、つぎの名簿でおおよそ理解できるだろう。

これは2004年の7月27日に広島市で初の会合がもたれた「平和記念施設あり方懇談会」の委員名簿だ。(役職は当時のもの)

飯田喜四郎　博物館明治村館長・名古屋大学名誉教授
猪口　邦子　上智大学教授
岩垂　　弘　平和・協同ジャーナリスト基金代表運営委員
大石　芳野　フォトジャーナリスト
加藤　尚武　鳥取環境大学学長
地井　昭夫　広島国際大学教授
坪井　　直　広島県原爆被害者団体協議会理事長
平山　郁夫　東京芸術大学長
福井　治弘　広島平和研究所所長
船橋　喜恵　広島大学名誉教授
森瀧　春子　核兵器廃絶をめざすヒロシマの会共同代表
山折　哲雄　国際日本文化研究センター所長
山崎　朋子　ノンフィクション作家

山根　進　ＮＰＯ法人公共空間活用推進プロジェクト理事長
横山　禎徳　一橋大学大学院客員教授

これは進がかかわってきた活動の断面のひとつに過ぎないが、このように「有識者」のひとりとして、進は広範な市民活動に取り組むようになっていた。しかし、そのころの彼自身は、どこか地に足がついていないような浮遊感の中にいた。

「いくらがんばって１００点を取っても、ほめてくれるお前がいないんじゃ。なんのために、わしはがんばっているのか…」

とも子の遺影を前にお経を唱えながら、そんな愚痴を毎晩のようにこぼしていた。

「お前のいないわしが平和だ、まちづくりだなんて、嘘っぽい。お前にいい格好したかっただけだったんじゃ。男のパフォーマンスだったんだ…」

50歳をすぎて、進は人生の迷路に入りこんでしまった。

迷い悩み、悶々とする日々…。

しかし、進はいつまでもウジウジしていられるような人間でもなかった。もちろん、そんな進の姿を、とも子が喜ぶはずもなかった。

——とも子がいたからこその市民活動。だったら、それに本気で取り組まなければあいつが浮かばれない。

そう悟った進は、それまでの活動のなかで浮かんできたアイディア、温めてきた構想を実現するために「イマジンプロジェクト準備委員会」を立ち上げた。

原爆ドームがアメリカの原爆投下によって被爆して損壊、原爆ドームとなる前の産業奨励館、これを原爆ドームに対峙する場所に復元する。市民活動と平和活動の究極の到達点として進が描いてきた構想であり、活動の究極の目標がこれだった。

原爆ドームは、もともとは広島県物産陳列館として大正4年、西暦1915年に竣工した建物だった。設計はチェコ人の建築家、ヤン・レッツェル。センターに控えるシンボリックなドームの先端までの高さが20メートル、両側に翼を広げたようなバロック様式の威容は、当時の町並みから抜きん出て存在感を誇っていた。ファザードは元安川に面しており、この壮大な建物が川面に映る景観は幻想的ですらあった。

その建物を復元しようというのだ。半端な市民活動の域を超えた、壮大なプランといえるだろう。それも行政をあてにせずに資金を調達しようというもの。産業廃棄物などの最終処分された灰を活用して作ったレンガを、原爆ドームの見学者や広島を訪れた観光客に販売。それを資金に建設しようというプランだ。

「75年は草木も生えない！」といわれた被爆都市広島が、今や被爆の惨状を訴えることさえ困難なほど見事に復興した。その事実は広島に住むものばかりか、世界中の被災都市に夢と希望を与えている。一度は全壊同然となった広島は、世界の復興・復活のシンボル都市となった。破壊されたヒロシマの象徴が原爆ドームなら、その建物だった広島県産業奨励館を原寸大で復元してはじめて、広島は真に復興をなしえたこととなるだろう…。

２００４年の千田わっしょい祭。その5月のステージに出演した上綱克彦は、演奏後に進からこの話を聞いて胸が騒いだ。かつては自分も同じようなアイディアを思いついたことがあったからだ。それを進が、「はじめようじゃないか」といいだした。

「それは素晴らしい」と、上綱はふたつ返事で協力を申し出た。

このプロジェクトのミソは、この大事業を市民活動としてやるところだった。行政が主導し、資金を出すのではなく、市民がみずからの力で建設してゆく。そこには、核兵器廃絶を具現化していくロードマップと重なる営為がイメージできた。

—それにしても、どこから風穴を開けていけばいいのか…?

壮大なプランだけに、それが課題だった。そして、それは大きな夢でもあった。進はさっそくこのプロジェクトを機会あればあちこちで提案した。上綱たちも、ことあればこの話を持ち出して理解を求めていた。

広島市の「平和記念施設あり方懇談会」で原爆ドームの保存法を議論する中で、進のこの提案が紹介されたこともあって、この企画は市民の間にも知られるようになった。進の顔を見れば、「産業奨励館、復元するんだって？」と声をかけられるようになった。しかし、その顔はどれも半信半疑であり、いくらか嘲笑もふくまれているように進には見えた。

この産業奨励館再生プロジェクトは、さすがの進にも困難なプロジェクトのように思えた。しかし、その難関にチャレンジするのが進だった。

——いったからにはやる。やるからには結果を出す。

これまでも、その信条でやってきたのだ。

そんなある日、進のマンションにふらっとやって来た上綱が打ち明けた。

「行きつけの飲み屋で飲んでたら、そこのママがいったわけ。あの原爆ドーム、前の建物を復元するなんていうとるのがおるらしいけど、いったい誰なんね、と」

上綱は、いまにも吹出したくなるのをこらえていった。

「だからいうちゃったのよ、そりゃ、わしよ！」

そこまでいうと、堰をきったように笑いだした。

「で、ママがバツの悪そうにしてたんで追い打ちかけてやったのよ、そんなこともイメージできんのかって」

上綱の知人には「文化人」と呼ばれる人物が少なくない。この話をして「面白い。絶対に協力するから」といってくれるのは圧倒的に東京にいるそんな連中だった。逆に広島は原爆ドームを見慣れているがゆえにかえって夢をイメージできず、ノリが悪いようなところがあった。

「いいたいヤツには、いわしとけ！」

これまでにも進には、まわりに理解されないままはじめた企画はいくらでもあった。それでも、それらをなんとかかたちにしてきたという自負が進にはあった。

◆

産業奨励館復元キャンペーンのプレイベント、PRのプロモーションも兼ねて、進たちは「水面上映会」を企画した。「8・6」の平和記念式典の前夜、原爆ドーム前を流れる元安川の水面に、被爆前の広島県産業奨励館を映し出して、プロジェクトが成功したときのイメージを喚起してもらおうという試みだった。

当日は午後8時から午前0時までの4時間、原爆ドームの対岸に設置した2台のクレーン車に取り付けたビデオプロジェクターから、元安川に映る原爆ドームの鏡像に重ねて、コンピュータグラフィックスによって再現した旧産業奨励館を投影した。

本来、透明の水には光は反射せずスクリーンにはならないが、水中の小さな藻などに反射して、像がぼんやりと映りこんだ。それがかえってイメージをかき立て、不思議な効果を発揮した。元安川の護岸を境界にした産業奨励館のビフォー&アフター。それはまた、復元された未来の原爆ドームの姿をアピールすることになった。

それからも毎年、その年のテーマを1枚の絵に託して川面に投影した。そのインパクトは強烈で、その映像は12年間つづけて全国4大紙の朝刊トップをカラーで飾ることになった。

この水面上映会のプロジェクトに合わせて、ある企画に協力してほしいと渡部朋子が相談にきた。渡部は1991年に日系人強制収容問題を扱ったドキュメンタリー映画『待ちわびる日々』でアカデミー賞を得ていた映画監督、スティーブン・オカザキ監督とは長いつきあいで、このオカザキ監督が原爆投下から60年後の広島を描いたドキュメンタリー映画『マッシュルーム・クラブ』（2006年）の製作にも協力してエグゼクティブプロデューサーとしてクレジットされていた。

その翌2008年にオカザキが監督したドキュメンタリー映画『ヒロシマナガサキ』の製作にあたっても渡部はサポートしていたが、上映機会を広げていくという活動の中で、彼女はこのウォーターフロントでのイベントに着目した。『ヒロシマナガサキ』の製作に並行して、渡部は設立されたばかりで、まだ誰にも認知されていなかった核兵器廃絶国際キャンペーン『ICAN』のお披露目イベントを進のサポートを得て、この原爆ドーム前の川辺で経験していた。『ヒロシマナガサキ』を広島の原爆ドームの見える特別な場所できちんと上映したかった渡部は、進に協力を依頼したのだ。

「おもしろい！」進は即答で快諾した。

彼はさっそく屋形船を旧知の友人から借り受け、その船尾にスクリーンを立て、原爆ドームを背景に『ヒロシマナガサキ』は上映された。

2008年8月6日の夜。川面にシルエットを落とす原爆ドームに同化するかのように、スクリーン上で原爆の炸裂した様子を記録した画像や原爆投下を正当化した米国トルーマン大統領の演説、被爆者の証言ビデオなどが映し出され、広島と長崎のドキュメントが展開されていった。

これは映画の内容にふさわしい上映ロケーションとなった。ヒロシマをテーマにした映像で、これほど臨場感あふれる映画上映はかつてなかっただろう。

「またひとつ、広島というキャンバスに大きな絵が描けましたね」

渡部とならんで原爆ドームに対峙しながら、進はその様子を感慨深そうに眺めていた…。

◆

この原爆ドーム前のウォーターフロントを使って、さまざまなイベントが展開できる。それが進の市民活動の大きな推進力となっていた。

船上上映会では、船を調達することになった。また、その実行委員長をしたのがきっかけで、原爆ドームの向かいの平和公園側の護岸の使用を許可され、「親水イベント」ができるようになった。

この親水護岸は、8・6関係のイベントでは引く手あまたの場所。毎年8月6日とその前日にはさまざまなイベントが繰り広げられ、機材の搬入搬出で狭い通路はてんやわんやとなった。また取材のマスコミ各社が入り乱れて〝戦場〟さながらの陣取り合戦となる。その修羅場での仕切り役となった進は、8・6のイベントには欠かせない存在となっていた。

親水護岸の上の公園部分は、広島市中区の管轄。川と護岸は国交省太田川河川事務所が管理し、川の遊覧は漁業組合との調整が必要となる。そのすべてに顔がきいた進にしかなし得なかった企画のひとつが、遊覧船を使って原爆ドーム前の桟橋と厳島神社とを往復する「世界遺産航路」だった。

1996年に、原爆ドームと厳島神社が同時に世界遺産に登録されていた。しぐことができる。

かもこのふたつは至近距離。元安川から瀬戸内海に出れば、船で40分ほどでつな

「原爆ドームと宮島とを船で結んだらええのに」という声は、以前からあった。

ただ、それを実行しようという者はいなかった。川と海を航行できる船がなかったのだ。

そのころ、S汽船が運航していた遊覧船が撤退することになった。そのルンルン、スイスイという2隻を使って、進は「お花見遊覧船」を成功させていた。これを使ってやったらええじゃないかという話になった。

しかし、原爆ドームと厳島神社とを船で結ぶとなると、川と海との両方を航行できる船が必要となる。川は底が浅いから航行する船は底がまっ平らになっている。海は荒い波でも安定するようにV字型。基本的な構造がちがうから、どちらを使っても、世界遺産航路には使えない。S汽船の遊覧船は、川を走る船だったから、海を航行するには不向きだった。

じつは、リバーシーというV型の船底をふたつつけた双胴型の船があった。貸

しボート業者が持っていて、使い手がなくて困っていた。

「これなら、ふたつの世界遺産を結べるだろう」

進は「金は出せんが宣伝にはなる」と業者を説得して、1日5万円で借りることにした。定員は50名あまり。桟橋はS汽船に借りて「世界遺産航路」を実現した。

「ただ観光してもつまらん」と、往路は落語をやろうということになった。こういうときの人的ネットワークにはこと欠かない進だ。知り合いに落語家を紹介してもらって即席の高座にあがってもらうことにした。

宮島に着いたら観光と食事。夕方からの帰りのコースでは、日本三景の景観を鳥居から眺めながら雅楽を愉しめるようにと、これは知り合いの篠笛奏者に声をかけた。

「世界遺産航路」は、それまで誰もがやりたかった企画、乗ってみたかった航路。それが実現したのだから、話題にならないわけがなかった。料金はひとり5千円。あっという間に定員は予約でいっぱいになった。

人類の悲劇の象徴である原爆ドーム。そして神々の世界と交感している厳島神社。このふたつが結ばれたとき、あらたな祈りのかたちができたことだろう。このときの達成感は、進にとって格別のものとなった。

2017年の8・6前日に実施した『想う力』では、原爆投下の目標となった相生橋の上空600メートルの地点でヘリコプターをホバリングさせて、何千人もの参加者にいっせいにヘリコプターを見上げ、原爆投下の非人間性を喚起してもらった。

1万メートルの上空から投下され、地上600メートルの地点で爆発した原爆。「もし眼下に人々の顔が見えたなら、何十万人を殺傷する非人道的な破壊兵器の投下ボタンをはたして押すことができただろうか…？」そんなことを問いかけるイベントだった。

このように、進が企画しサポートしたイベント、プロジェクトは数知れなかった。ここに、あらためてそのリストを挙げてみよう。

★広島県産業奨励館を復元する会　事務局長
★水面上映会　実行委員長
★『ヒロシマナガサキ』船上上映会　実動責任者
★護岸アート　実行委員長
★広島市長による全文英語による平和宣言　実動責任者
★8／6のピースコンサート　実行委員長
★Ｗｅｌｃｏｍｅノーベル平和賞受賞者の広島会議　実行委員長
★被爆60周年記念イベント『想う力』　実行委員長
★世界遺産航路の発案実行　実行委員長
★船上コンサート　実行委員長
★お花見川の遊覧船　実行委員長
★『ヒロシマ・ナガサキ』映画祭　実動責任者
★『はだしのゲン』映画上映会　実動責任者

「よくもまぁ〜、いろんなイベントをやってきたもんよ」

進はわれながら、あきれてしまった。これに、いまは年間20回ほど開催している千田わっしょい祭が加わるのだ。とても、正気の沙汰とは思えない活動の履歴だった。

「それも、すべてがボランティアじゃ！」

進は自嘲気味に笑うしかなかった。

—バカは死ななきゃ治らない〜。

《美貴子編》

第1章　百万本のバラ

「美貴子、もう少し音程を下げられんのか？」

ピアノの脇に立った進は、少し苛立った調子で鍵盤の前の美貴子にいった。

さっきまでベッドで安眠を貪っていたのを、美貴子に起こされたせいだった。

「できたわ！」

そう叫びながら美貴子が、寝室の進を起こしにきたときは、すでに午前２時をまわっていた。「とも子さんの歌ができたから聴いて」と、進は袖を引かれるようにリビングに連れてこられたのだった。

「メロディはすぐに浮かんだんだけど、それにさっき詩をつけてみたの」

スローテンポの繊細なピアノのイントロをつむぎながら、美貴子が鼻に抜ける澄んだ声で歌いはじめた。

　クリスマスの鐘の音響く　あれは10年前～
君は　まるで天使のように

帰らぬ人となった〜


6分あまりの大作だった。それを通しで聴いて進は素直な感想を語った。

「全体の印象は悪くない。美しくて繊細なメロディだ」

可憐だった、とも子のイメージそのものだ、と思った。しかし、全体的に音域が高くて歌いにくそうなのが気になった。

「上がったり下がったりが忙しくて、ちいと無理があるよのう。せっかくの詩が死んでしまっとるよ」

すると美貴子が、いつになく反論してきた。

「このメロディにのせて歌うから、いいのよ」

子猫のように従順でおとなしい美貴子の意外な反撃に、進は一瞬たじろいだ。しかし、進も持論を展開した。

「歌は詩がメインでメロディはバック。バックがシャシャリ出るな！」と。詩の情緒が失われちゃ元も子もない、と一喝した。

すると、美貴子が口惜しさを堪えるように、顔を伏せた。

――まずい！

険悪な空気が、ふたりの間に漂ったのがわかった。

ここ最近、作詞や作曲のことでふたりはよくいい争いをするようになった。お互いに自分の意見、見解に妥協しなくなっていた。それだけ、自分たちの音楽に真剣に向き合うようになってきた証拠だ、と進は思った。

「風呂に入ってくる！」

そういい残して、進はその場を離れた。自分の頭を冷やす時間、美貴子に手直しさせる時間が必要だと思ったのだ。

進が音楽にのめり込むようになったのは、広島市内のゲバントホールでリサイタルを開いてからだ。

小さい頃から絵には親しんでいた進だったが、音楽は門外漢といってもよかった。なにより歌が上手くないことは自他ともに認めていた。その進がホールを借り切ってリサイタルをすることになったのには、進らしい因縁があったし、それが美貴子と再婚するきっかけになったのだった。

前妻のとも子に先立たれてからの進は、「3年したら、わしも死ぬ」とまわりにふれまわっていた。しかし、「3年たっても死ななかった進」に、友人知人がぐるになって〝罰ゲーム〟としてホールでの音楽リサイタルを計画したのだ。「山根進の名前でホールを予約してあるから、よろしく」と、知人がある日突然いってきた。

「ホールで、わしがリサイタル？」

まさか、冗談だろうと笑って無視していたら、何日かして突然ゲバントホールというところから電話があった。「うちのホール、あなたの名前で予約しとってですよ。そろそろ入金、お願いします」と催促した。知人の通告は冗談ではなかったのだ。

ホールのキャパは230名。利用料金や備品のレンタルなどを入れれば予算は数十万円はくだらない。いつも金欠の進、もし観客を動員できなければ、まるまるの自己負担。千田わっしょい祭で毎回のように持ち出しとなっている進には、さらなる負担となる。なによりも、自分がステージで歌うなど、考えられないことだった。

だが、冗談とはいえ友人知人が、愛妻とも子を失った進が、なんとか復活したことを祝ってのこと。その好意を無にするようなまねは進にはできなかった。

「こうなったからには仕方がない。男、山根進、やってやろうじゃないか！」

そう決めた進。その決意の片隅には「ステージにあがって歌う」という未知の世界への、彼らしい好奇心とチャレンジ精神があったことはいうまでもなかった。

幸い3人の女性グループが実行委員会を立ち上げ、翌2007年1月25日に、山根進ファーストリサイタル『シンデレラナイト』が実施されることになった。

進はホールとの擦り合わせ、準備は彼女たちに任せることにした。ところが、その彼女たちの中にも、いまの山根さんじゃムリだと、しだいに不安が募ってきた。

「とてもじゃないけど無謀よ。素人の歌でひとが集まるわけはないし、大赤字になるのはわかりきったこと。会場を変えるか、延期にした方がいいんじゃないかしら」と。

ところがひとりだけ、絶対にやるべきだと引かなかった女性がいた。

「死んだ奥さんだったら、一度すると決めたからには絶対にやらせるはずですよ！」

それが美貴子だった。

「いったらやる。やったら結果をだす。それが山根さんです」

「でも大赤字になったら、どうするの？」

そういわれて美貴子は、断言した。

「そのときは私が責任を取ります！」

進が「お花見遊覧船」を企画し実施した２００２年、受付のアルバイトに応募してきたのが美貴子だった。花の季節なのに日差しが強く暑い日がつづいたが、日焼けも気にせずに一生懸命働いている姿に、とも子は好感をもった。

「この子、わたしといっしょ。ささいなことを気にしない性格なのよ！」

とも子は、喜々として進に報告した。お花見がすんでからも、進のＮＰＯに国から半年間給料の補助がでることになったのを幸い、とも子が美貴子を誘って手伝ってもらうことにした。

とも子と美貴子は、喫茶店びっくの〜ずでいっしょに働いた。わっしょい祭のスタッフとしてサポートし合った。とも子は三人姉妹の次女、美貴子も女３人の真ん中で、ものの考え方も似ていて、美貴子はとも子のお気に入りだった。年齢差16歳のふたりは、いつしか仲のいい姉妹、年齢の近い母娘のような関係になっていた。

「もしかして、あなた山根さんのこと好きなの？」

実行委員会のひとりが問いつめた。進に音楽指導をすることになっている歌手のマギーだった。

すると美貴子は悪びれもせずに応えた。

「ええ、そうです」

その告白は、瞬く間に進の友人知人に知れ渡ることになった。もちろん進も知ることになった。

「山根さん、ミキちゃんの気持ち知ってる?」と、マギーは告白された手前、間をとりもった。

「なんのことや?」

「好意をもっているらしいのよ、あなたに」

「いまさら、なんや。好意なら、わしももっとるで。きれいな娘じゃし、可愛がってるじゃないか」

「そうじゃなくて」と、マギーはじれったそうに首を振った。「オトコとして、好きだって!」

「そうなのか…」

進は驚いた。しかし、進にも美貴子に特別な感情がないわけではなかった。どちらかといえば一線を超えないように、進は自制していた。そのハードルを、彼女の方からはずしてしまったのだ。

感情のハードルはなくなったが、つぎに現実の障碍が待ち構えていた。お互いに好きという感情を成就させるためには再婚という〝ハードル〟があった。

進はとも子を失って3年あまり過ぎていたが、美貴子は前の亭主と離婚したばかりの身だった。ふたりの再婚に諸手をあげてまわりが賛成してくれるような環境ではなかった。

なかでも次男の弘は、再婚には慎重だった。「継母が家庭に入ってくる」という、肉親であればだれしもが抱く抵抗感もたしかにあったが、彼には父親がかつて膀胱がんで手術した経験があったことがひっかかっていた。

「いまは親父も元気でいるけど、5年10年したら介護結婚になるかもしれん。へたすれば、結婚生活が介護生活になる可能性だってあるんですよ！」

弘は美貴子に思いの丈をぶつけた。そんなこと無理でしょ、そう説得するように。

このときも美貴子は、ためらうことなくいいきった。

「それでもいいです。そうなったときは私が面倒みます」と。

その覚悟を知って、弘は進にも意見した。

「もし再婚するようなら、縁をきってもいい」とまで強行に反対した。しかし、進のあるひとことで、弘は折れた。

「このままわしが独りでいても、お前は老後の面倒はみてくれるだろ。だがな弘、お前は老後のわしを幸福にはできんじゃろ」

たしかに、息子の自分は父親の心身の支えにはなれても、生活に潤いをもたらすことまではできない。そのことに気づかされた。

風呂からあがってきた進に、美貴子の方から声をかけた。

「すこし直してみたから聴いてよ、パパ」

バスタオルで頭髪を拭きながらピアノの前に立った進の前で、美貴子はふたたび「とも子」を歌った。数か所、キーがさがっていて聴きやすくなっていた。

「OKだ！」

進は指で丸をつくって、よくなったじゃないか、と褒めた。

「あと数か所工夫すれば、いいものになる。お前にならできるさ」

とも子が他界してから10年。その命日の12月25日に進は、とも子を偲ぶ会を兼ねて「夫唱婦随コンサート」を開催する予定になっていた。会場は上綱克彦が経営するライブカフェ『Ｊｉｖｅ』。進が美貴子と共作のオリジナル曲を歌う、ライブハウスでの初ライブ。それにバックバンドがつくのだが、とも子に捧げるこの歌だけは、美貴子が自作自演すると譲らなかった。当日まで2か月近くに迫って、その曲がようやく仕上がろうとしていた…。

◆

「美貴子と再婚する！」

まちづくりの盟友である渡部朋子に進が告白すると、彼女は驚きもせずに、ふたりの将来を祝福した。

「おめでとう進さん、美貴ちゃん。きっと、天国にいるとも子さんも安心したでしょうね」

そして彼女はその場で花屋に電話して、抱えきれないほどの薔薇の花束を美貴子に贈った。

生前のとも子は、もし自分がいなくなれば進がダメになってしまうと心配していた。できれば気心の知れた美貴子に進を託したいと、渡部には漏らしていた。美貴子を進に引き合わせるために、千田わっしょい祭を手伝わせたともいっていた。

—進さんと美貴子さん、ふたりが結ばれるように運命の潮は流れていたのだろう。

渡部は、あらためて思った。

剛胆そうに見える進だが、そのじつ慎重なところがあるのを渡部は知っていた。その進が、とも子が横にいると肚がすわるのだ。彼女が控えているからこそ、大胆な行動もできた。だから進が進らしく生きていくには、とも子に代るとも子が必要だった。それが美貴子だった。

再婚して美貴子は小学5年生になった連れ子の皐月とふたり、進のマンションに住むようになった。実際に生活を共にするようになって、とも子が憑依したのではないかと思うほど美貴子の価値観がそっくりだったのに進は驚いた。とも子のように金のあるなしにも、美貴子も頓着しないのだった。

「顔は似とらんが、中身はよー似とるよの」と、進は美貴子の顔をしみじみ見ながら思い出したようにいうようになった。

献身的に尽くす女房ぶりは、とも子のそれだった。とも子の情念が美貴子に受け継がれ、赤い糸は切れることなく進を支えるようになった。

一方で、美貴子との再婚は、進のライフスタイルをがらりと変えた。

とも子とは仲睦まじい夫婦だったが、ともに人生を闘うような関係だった。ところが美貴子との結婚生活では、彼女を庇護する男になった。かつては、とも子がすべてをしきっていた経営の雑務も、進がすべてこなすようになった。進は美貴子への愛情をストレートに表現して、「恋女房」といってはばからなかった。

とも子との結婚生活が、ビジネスやまちづくりでの成功を目指す自己形成の時代だったとすれば、美貴子とのそれは音楽への傾倒の時代といえた。

ゲバントホールでの、はじめての個人リサイタル『シンデレラナイト』の会費は5千円。持ち込み可の食べ放題飲み放題で、バーをレイアウトしたディナーショースタイルにしたから100人のキャパになったが、そこに130人が入るという大盛況で幕をとじた。

上綱やマギーといった、5組のセミプロが前座をつとめてサポートしてくれたとはいえ、この成功に気をよくした進は、すっかり音楽の世界に魅せられ、以後「ゲバント山根」を自称するようになった。みずから作詞・作曲も手がけ、CDも出すなど、精力的に音楽活動に手を染めていく。

進がこうして「ブレーキがはずれた」ように音楽にのめり込むようになったのは、ゲバントホールのリサイタル成功がきっかけだったが、それが実現できたのは、美貴子と暮らすようになったからでもあった。

美貴子は進の影響で絵を描くようになっていた。と同時に進がカラオケなしでも歌の練習ができるようにと、美貴子はピアノを弾くようにもなった。「100

回の練習より1回の本番」と、千田わっしょいのステージの前座だけでは飽き足らず、「ゲバント山根&恋女房」を組んで、あちこちで好評悪評相半ばするライブをするようになっても、文句ひとつついわずにつき合った。

◆

美貴子が「とも子」を仕上げてから数日後。2013年12月25日の「夫唱婦随コンサート」の当日、進は早朝の5時に目が覚めた。

ベッドから起き出し、寝室を出て隣室のリビングに行く。そして窓際の隅にある仏壇の前に座った。そして、いつものように線香を立て読経をすませると仏壇横に飾ってある遺影に声をかけた。

「とも子、今夜はお前を偲んでのライブだ。天国から見守ってくれ。そして楽しんでくれよな」

進がウィンクすると、微笑するとも子の顔が、少しほころんだように見えた。

クリスマスの夜の、華やいだ顔でにぎわう広島の薬研掘。その一角に窓から暖炉のような明かりがもれているライブカフェ『Ｊｉｖｅ』…。とも子を偲ぶ10回忌イベント「ＬＯＶＥ ＳＯＮＧ」ライブがはじまった。

ほぼ満員の観客で埋まった場内。スポットライトが照らす先には、マギーがいた。ギターの弾き語りで、歌ははじまった。

マギーは音楽スタジオ『四丁目倶楽部』の経営者でもある。ここで進は美貴子とともに彼女からレッスンを受けて成長してきた。その師匠が進のライブハウスデビューを祝って、前座をかってでてくれた。

さすがにマギーの歌には説得力があった。本通りのアンデルセン前で路上ライブしていた彼女の演奏に聞き惚れて、千田わっしょい祭のステージに誘ったのは、ほかならぬとも子だった。この日のライブにも、とも子が声をかけてくれた。進にはそう思えてしかたがなかった。

いよいよ進と美貴子、夫唱婦随コンサートの主役の登場だ。

進に、不思議に緊張感はなかった。美貴子も、涼しい顔で上綱のキーボードの前に座った。そして「大丈夫！」と目で合図してきた…。

この日のために、進は現場で本番を何度も積み重ねてきた。その経験から学んだのは、自分のスタイルだった。

「テクニックも歌唱力も関係ない。圧倒的なパワーで会場を巻き込み歌い上げる。それがゲバント山根だ！」

マイクをつかむと、そのことをあらためて肝に銘じた。

最初のナンバーは「貴方にふれられるだけで」だ。音程もリズムも自信はない進だったが、あえてこの「じっくり聴かせる」スローナンバーのオトナの曲を持ってきた。

Ｊａｚｚ　が流れる　車の中
貴方は　タバコ　くわえながら
私の手を　にぎる
貴方に　ふれられる　だけで

感じて　しまう
もう　昨日には　戻れない

音程をはずした。リズムも安定しなかった。進は焦ったが、もう後戻りはできない。ステージという名のリング。いったん上がったら引き下がるわけにはいかない。聴衆を魅了するしかない。おれの歌にお金まで払っていただいて聴いてもらっている。共に楽しむ、楽しませなければならないのだ。駆け出しだとか、下手だとか、何の言い訳にもならない。

—マイクを持てば、その間はスターになるしかないのだ！

2曲目は女の恨み節を歌った「最低の男」。これもスローテンポのコミカルなブルースだ。またリズムがばらついて、スベっているのがわかる。客席の反応もいまいちだ。

なんとか挽回しなければと思うが、なかなか立て直せない。

最低の　男　貴方の　事よ
最低の　男　あ・ん・た・の事よ

このサビのところにきて、進は美貴子を指さして歌った。美貴子は進と目を合わせると、楽しそうに鍵盤を叩きながら「あ・ん・た・の事よ〜」とコーラスを重ねた。

とても上手いとはいえない自分が、いまライブハウスを借り切って歌っている。その自分は、御世辞にも女に持てる顔ではない。なのに、命がけで愛してくれた亡き妻とも子と、いまここにいる美貴子。「山根さんにはもったいない」と評される女性が片時も離れず献身的に支え続けてくれている。

歌と女。共通していることは惚れる力だ。惚れて惚れて、惚れ抜けるかだ。おれは自分で作った歌が自慢だし大好きだ。

—歌は下手かも知れないが、曲は最高だろ？

聞いてくれよ。君も好きになってくれよ。そう心の中でそう叫びながら、進は一歩二歩と前に出て歌っていた。そう、この強引さが山根進なのだ。

——いくぜ、3曲目！

「寅とミーコの恋物語り」

この曲は、いつどこでやってもウケる自信のレパートリーだ。進の熱量は一気にあがった。

「ニャーオ！」と、ひと叫びして歌いはじめた。

いつも　綺麗で　素敵な　ミーコ
だけど　お前は　つれないぜ
猫も　一人じゃ　生きては　ゆけない
愛し　あおうぜ　月の夜

ここまで歌って、進はまた「ニャオー！」と吠えた。すると客席に笑いの渦が起こって、場内の空気が解けて熱くなったのがわかった。

それからは、もう上手いも下手もなかった。進の熱気に会場は圧倒され、笑いの渦は大きくなるばかり。カオスといってもいい空気を、進はつくってしまった。

―面白い！

聴衆の波動が、大きなうねりとなって肌に伝わってきた。

前妻とも子を供養したいと思い立ったライブコンサート。いつかステージで、彼女が美貴子のからだに宿って一緒に歌っているのを、進はたしかに感じていた。決して上手いとはいえない進の歌。それでも彼のステージが聴衆をひきつけるのは、下手でも引き下がらないチャレンジ精神が、パワフルで前向きなオーラとなって伝わるからだ。そのサービス精神が、相手を元気づけるからにちがいなかった…。

第2章　夢の中だけでも

山根進
7月30日

「いつ見ても、仲がよろしいのね～‼」と声をかけられるのはしばしばで、初老の男と18歳年下の可愛い熟女のカップルは、みなさんの好奇の目を裏切らないまま、もう11年目の夫婦生活を満喫している。

こうなると御近所のみなさんも、ふたりのラブラブに馴れてしまい、たまに独りで歩いていると、「どしたん‼奥さんは？」と、あいさつされるしまつ（笑)。

わが恋女房。愛とか恋とかの感情をストレートにぶつけてくる女性で、51歳になっても関係なく、こりゃ～死ぬまでこのままじゃ、と覚悟を決めている。

「愛に歳は関係ない‼」とは、恋女房の持論である。金もない地位もない。しかも70歳手前の立派な老人の私…‼(;_;)/~~~

こんな男のどこが良いのか、と自問自答しても、情けない答えしか浮かばない…、トホホな私である。

しかし恋女房の彼女は、いまでもとても幸せそうで、楽しそうで…。満面の笑みで私を見つめては、手をまさぐり求めて来る。正直、超うれしいし、超幸せ者よと、その喜びを噛みしめる毎日だ‼

進と美貴子とが再婚してから8年目。突然ふたりの前に暗雲がたちこめることになった。

２０１６年3月、進が末期がんを告知されたのだ。次男の弘が危惧した事態に、また美貴子が覚悟していたことが現実になってしまった。進と美貴子との結婚生活は、介護生活へと急転したのだった。

告知のひと月ほど前のこと、20年あまり前に膀胱がんが発覚した際と同じく、ピンクの血尿が一滴、真っ白い便器を汚した。

―もしや、また膀胱がんでは？

そんな不安を、進はひとり胸にしまい込んでいた。

しかし美貴子に隠しごとできない。ぽろっ、と血尿が出たことを告白した。

「そんなに気になるんだったら、いちど病院にいってみたら…」

美貴子は、検査をすすめた。

「どっちにしても気になるんなら、はっきりしたほうがいいじゃない」

それで進は、以前がんの手術をしてもらったＴ病院で検診してもらった。

「尿道結石、ですね」

担当医師は、そう告げた。

進は飛び上がらんばかりに歓び、安堵した。「念のためにあらためてもう一度検査してみましょう」といわれていたにもかかわらず、結局病院には行かなかった。本人としては「尿道結石のままにしておきたい」という気持ちだった。

そうこうしているうち、こんどは母親に血尿が出た。しかし、どこで診てもらっても「なんともない、大丈夫」といわれる。いつまでも原因がわからず不安だった彼女は『泌尿器科』の看板につられて、まるで夢遊病者のように、ふらっとある病院に入ってしまった。そこは本来ならば決してドアを開けることのないＴ病院、進が膀胱がんの手術を受けたところ、さらには進の兄ががんで亡くなった病院で、前を通るのも敬遠していたところだった。

診断ではがんの疑いがあり、即検査入院ということになった。その入院当日、美貴子が付き添って行くことになっていたが、前年に知人に譲られた店舗で再開していた喫茶店びっくの～ずの、交替要員がドタキャンになったために進が代りにつき添うことになった。

病院に行ってみると、母親の担当医は、かつて進の膀胱がん手術を担当した医師だった。同じ病院で「尿道結石」の診断をしたのは別の若い医師で、担当ちがいだった。

「これも巡り合わせだね、山根くん。再検査してみよう」

担当医は有無をいわさず、母親をほったらかして進の検査をした。

膀胱がんが、いずれ再発する可能性が高いことは常識で、進がいままで何事もなくいたことの方が医師には不思議に思えたからだ。

結果は、末期がんだった。

「まあ立派ながんよ。きれいな、きれいながん」そう宣告された。

内視鏡の映像は、とても膀胱の内部には見えなかった。

「これ何？」

美貴子が驚いて、映像の取りちがえを疑ったほどだった。

それは人間の臓器の内部とは思えないもので、イソギンチャクが群生した岩場の拡大写真、そんな奇怪な光景だった。

膀胱はすぐにも摘出した方がいいだろう、ということになった。

「いまのところ転移は見られないから、リスクを回避するためにも摘《と》ってしまったほうが安全だろう」と。

そして人工膀胱にする。これは「自排尿型人工膀胱」ともいわれるもので、小腸で体内に袋状のものをつくって尿管に吻合して膀胱の機能を補うもの。

「小腸を切り取って袋状にして、中に入れるだけ」と、医師はこともなげにいった。

これにするとトイレに行ったとき、自分で腹部を押さないと尿が出ない。それを忘れたりすると垂れ流しになると脅されたが、いまさら迷っている暇はない。

8時間から10時間の大手術になるため、高齢の担当医は、人材も設備も整っているH病院を紹介してくれた。

進に付き添った美貴子は事態を客観的に受け止める余裕もなく、頭が真っ白になっただけだったが、帰宅したとたんに全身にジンマシンがでた。ショックが、そんなかたちであらわれたのだ。

「山根さん、膀胱の中、ちょっと削ってみましょうか？」

切開手術覚悟でH病院に入院した進だったが、若い担当医は内視鏡での手術で対応できるという。もちろん、人工膀胱にする必要はないということになった。

このときのオペで、かなりのがん細胞の塊がとれた。その後、またあらたにがん細胞がみつかったので、つごう3回の内視鏡手術を進は受けることになった。

結局、人工膀胱にはしなかった。

「美貴子が女である間は、おれは男でありたい」という意向を進は通した。

そうこうしているうちに、がんは骨盤に転移した。そうなるとステージは4で、5年生存率は10％をきるといわれた。転移したがんは骨盤を蝕み穴を空けた。その部分の脊髄が露出して、そのうち激痛が走るようになった。

それで、同じH病院で薦められるままに放射線治療をしてみることにした。すると骨が盛り上がってくっついた。穴を塞ぐように増殖したのだ。

「骨なんて、そんなに簡単に再生するものではないんですが、山根さんには、よう効くんかね」

医師は奇跡だ、といって目をまるくした。

それから進の病状は一進一退を繰り返すことになるが、普通では考えられないような抵抗力をみせることになるのだった。

◆

進は２０１３年の５月23日からフェイスブックに投稿をはじめていて、千田わっしょい祭の案内や日常の雑記のようなことを投稿していた。末期がんが発覚してからも、そのことはずっと伏せていた。がんによる激ヤセぶりが隠しようがなくなってくると、そのことを自虐的に書いたりしたものの、末期がんであることを書くことはひかえていた。

しかし、驚異的な抵抗力をみせていた進のからだにもがんは容赦なく牙をむき、しだいに異変は顕著になってきた。そして発覚3年目の2019年3月17日に、進は息子の皐月が音楽修行のためにニューヨークに旅立つことを報せる投稿につづいて、つぎのような文面で正式にフェイスブック上で末期がんであることを告白した。

また私も…癌や帯状疱疹で激ヤセし、これまた沢山の知り合いの友人に心配のかけ通し。癌との付き合いは24年目に入ったが、末期癌が発覚して…今日で丸々3年経った！

それから、折にふれて病状にふれることはあったが、それはあくまでも日常のスナップとしての投稿だった。

それが、4月10日の投稿から事態は大きく変わることになった。がんと向き合いながら不安を抱え、希望と失望との揺れのなかで迷い悩んでいた進が、本音を吐き出すように書いた記事が、思わぬ反響を呼んだのだ。

い…のだ‼

今回も背骨が溶けて…、それも10cm脊髄が剥き出し状態。痛くて寝転ぶ事さえ出来ない。下肢麻痺…、いずれは寝たきりに…。
治療は既に尽くしており、これ以上は無理な状態。

そんな私に…痛みで苦しむ連日連夜の私に…先生からのメッセージ。それが上に書いた通りである。

既に奇跡は起きている。普通なら死んでいて当たり前。良くても病院のベッドでモルヒネの点滴漬け。
それが我が家で大した薬も呑まず、日常生活はチャンとこなし、自らが運転してドライブに出掛け、ライブはやるは、月2回の千田わっしょい祭の主催はするは、仕事もやるは…。
何処が癌患者?! 何処が末期の末期?!
誰も信じていないくらい元気な姿‼

奇跡の中で生きている…それが山根さん…今のあんただよ‼＼(😊)／
自信を持って生きて下さい‼ との先生の言葉と思う。

ありがたい‼ ありがたい…お言葉‼＼(😊)／
痛みで折れそうな深夜…自分を信じる‼…まるで一つ覚えのお経のように感謝を持って心の中で唱え続けている。

山根進
4月 10日

統合医療の日本の牽引者の一人で、代表レベルの先生に直接お会いする機会があり、私の末期癌についてのアドバイスをして頂いて…、幾度かの危機を乗り切り、奇跡的に生き残っている現在の私がいる。

「自分を信じる‼　自分の身体を信じる‼
奇跡はもう既に起きている。その奇跡を信じる‼
死ぬと言う覚悟が出来ているのならジタバタしない‼

今までの過去の歩み。今、生きていると言う事実‼
それに自信を持ち、ぶれずに…今までやって来た事を、堂々と続けて行く事だ。
それが山根さんらしい生き方、やり方なんです。
沢山の人達が山根さんを見ている、そして応援している。
頑張るしかない。信じるしかない。それが出来る…。
その強さが山根さんなんです‼」と。

癌と言う病は…先ず死との対面と対決である。そして何度も裏切られては絶望し…、その度に気持ちを立て直し続けなければならない。

気持ちが折れ、絶望したら負け。死が待っている。
経済的にも精神的にも肉体的にも、大変な負荷が 24 時間容赦なくかかり、毎日…、数年…、死ぬまで続く。

私も末期癌になって…何度も裏切られては落ち込む時を経験している。人間はそんなに強く出来ていな

この記事には、いままで見ることのなかった種類のコメントが寄せられた。励ましや同情とともに、感謝の言葉が並んだ。そこには進の既知の「友達」ではない、未知の読者からのものもふくまれていた。

「恐るべし、フェイスブック！」

進は驚きを隠さなかった。

そんな反響が契機となって、進は意識的に赤裸々な闘病に関する投稿記事をユーモアを交えて書くようになった。と同時に、進の容態は切迫しつつあり、彼自身もうちに秘めたままではいられなくもなっていたのだ。

進が積極的に、こうした投稿するようになった動機は、同じがん患者や難病と闘うひとびとへの励ましのメッセージ、あるいは死に直面している者へのエールであり、かたちを変えた市民活動、進の社会貢献でもあった。

◆

先の投稿の5日後、4月15日で千田わっしょい祭は27年間365回を数えた。

この日は朝から雨になりそうな微妙な天候だったが、これまでの経験値から進は開催を決意し決行した。この野外イベントは、雨で流れれば翌週にまわす。しかし、27年間で中止になったのはたったの1回のみ。千田わっしょいは奇跡のイベントともいえた。

いつものように広大本部跡地の広い敷地を囲むように、衣類、骨董品、地域の名産品などフリーマーケットのブースが60~70並んだ。これが広大跡地をめぐる血管となり、その心臓となるステージで演奏がはじまると、それまで静かな沈黙の中にあったこの跡地が生き返ったようににぎやかになる。と同時に進のからだにも生気が甦ってくるのだった。

この日も進はステージに立って歌うことになっていた。しかし、鎮痛剤の副作用で声がガラガラに嗄《か》れて歌になりそうもなかった。

「何とかならん？」

進は1週間ほど前から、病院の担当医に相談していた。

すると医師は、当惑したようにいった。

「あのね〜、山根さん、ハッキリいってここまでがんが進行すると、もう死んでいてもおかしくないんよ」

パソコンに映る数値を見ながら、医師はつづけた。

「いっとくけどね、病院のベッドでモルヒネの点滴漬けなら、まだましなほう。あなたが車イスではなく、こうして歩いて通院されているのが不思議で仕方ないのに…」

医師は、あきれ顔で進に視線を投げた。

「これはいい意味でですけどね、こんな患者さん、お目にかかったことはありませんよ！」

千田わっしょい祭には、進のステージを楽しみにして来る者もいる。そんなファンの期待を裏切らないようにと、進は当日の3日前から痛み止めの薬を断った。もちろん医療用麻薬もだ。ノドのためにと、激痛に襲われるのは覚悟の上で…。

その甲斐あって、この日は午前と午後にワンステージずつ、合計10曲を、なにごともなく進は歌い切った。たかがミニライブのために激痛に堪えて痛み止めを断つ。こんな馬鹿なことをするのが進だった。一銭の金にもならないことでも、約束を守るために、守り抜くために身を削る。そんな男だった。

進のからだの都合など関係なしに、千田わっしょい祭の日は待ったなしにやってくる。以前はそれが待ち遠しくもあり、進の気力も充実していた。しかし、末期がんを宣告されてからは、毎回、辛い開催となっていた。

膀胱がんの摘出手術直後にパジャマのまま病院を抜け出し、トイレで着替えて主催者としての仕事をこなし、またトイレで着替えてタクシーで帰宅したことも数回あった。術後では医者の外出許可も出るはずもなく、何かコトがあれば、すべては自己責任と肚をくくってのことだった。

◆

「がんの痛みは、経験してみんとわからん。かといってススメもしないが…」

半分冗談で、よくこんな軽口をたたいていた進だったが、6月中旬からその痛みが別次元になってきた。

毎月の定期検診で採血と検尿をして数値を測るのだが、痛みの程度を示す指数がこのころから突然あがった。全身にがんが転移するようになってからも、多少の増減はあったものの、それほど高い数値は計測していなかった。ところがその日は上限０・１４に対して指数が３倍の４・２で過去最高を記録した。痛いはずだった。

前の月までは１・５〜３・２の間を行ったり来たりしていた。これが３・０を越えるともう激痛なのに、それが４を超えたのだ。進にとってはじめて経験する痛さの領域に入った。

医療用麻薬を欠かすと、痛みに耐えられない。しかし麻薬が効くと一日中眠くて仕方がない。痛いから麻薬と、安易に頼ると眠い眠い、と一日中家でゴロゴロすることになる。そうなると「無駄飯食らい」と、進は自己嫌悪に陥るのだった。

「この眠気、なんとかならん？」

検診で医者にそう訴えても、「それは薬が上手く効いている状態なので諦めてください」のひとことで終わり。激痛の元となっている転移性骨髄圧迫に対する処方箋はないのが実情だった。ただ痛みを抑えるのみ。その日も湿布と便秘薬と尿道確保の拡張剤の処方箋を受け取って、進はタクシーで帰宅した。

山根進
6月18日

なぜに痛いのか？

その痛みは、どうしたらとれるのか？

病院では、すでに打つ手なしの現状を、どうやったら打開できるのか…？


私のからだのことは、私が一番良く知っている。もちろん痛みに関しても、私が一番よく理解している。ならば私のからだの責任者は私自身であり、医者ではない。痛みも自分で克服するしかない。


痛みは、冷えと関係している。

「冷えは万病の元」との説もある。

この冬まで、お風呂に入れば、その瞬間に痛みが消えていた。からだを温めることが、 からだにいいことは体感していた。


お風呂は基本好きである。ならば、湯治場に行ったつもりになって朝昼晩、１日３回お風呂を沸かして、少しでも長くお湯に浸かっておこう。これなら暇つぶしにもなるし、私のような根性なしでもできることだとひらめいた。


医学的な治療方法がなければ、自らの責任で試行錯誤してでも独自に治療法を模索する。一歩前に進む勇気と決断だ。

末期がんに舐められていては治るはずもなし‼

痛い毎日、眠い毎日。そんな日々に流されるだけでいいはずはないのだ。

美貴子は喫茶店の仕事を朝早くから、ひとり奮闘していた。夕方は焼肉大学で、これまたひとりで夜10時まで働いた。一日中家でゴロゴロするしかなくなった自分があまりにも情けなく、明日の希望さえ見えないことに進はいら立ちが抑えられないことがよくあった。

いまの喫茶びっくの〜ずは、二代目。前妻とも子が他界した2003年12月。それまで切り盛りしていた主を失ったため、年が明けてすぐの1月で閉店した。

それが干支がひとまわりした2015年、降ってわいたような話が舞い込んだ。現在の場所で営業していた「K」という喫茶店が店を閉じることになって、「どうせなら山根さんに継いでほしい」と、声をかけてくれたのだ。

亡き妻とも子が、広大生たちの母親がわりになって、わが家のように慈しみ育てていた喫茶びっくの〜ず。その店をまた復活させることは、彼女への供養にもなるはず。これも何かのご縁、めぐり合わせと、進はありがたく譲ってもらった。

話は前後するが、じつは焼肉大学も2007年に、同じように譲ってもらったものだ。もともとは37年間つづいた焼き肉屋。店は老朽化して、あらたに設備投資する気力もない。大将が67歳と高齢になったのでやめることになって、進に話がきた。

「山根さん、たのむけえもろうてくれんか」と。

進ちゃんがやってくれるんなら、と地元の大家は家賃を3分の2に減額してくれた。しかも敷金権利金もなし。進は破格の条件で店を継げることになった。

焼肉大学も喫茶びっくの〜ずも、いわば転がり込んできたようなかたちだったが、どちらもご縁だったのだろう。進にはそう思えた。

—何十年も地域活動に貢献してきたご褒美？

天国のとも子が、万事はかってくれたような気がしてならなかった。

千田わっしょい祭と、ふたつの店の経営。焦っても仕方がないことはわかっているつもりでも、日に日に、からだの異変に直面し、激痛の領域に引っぱり込まれるために、平静ではいられない。症状は医学的常識を覆すほどで、現状でいられること自体が奇跡。天を恨むよりも感謝すべきとはわきまえてはいるのだが、進には家長の役目を放棄せざるをえない生活には、嫌気がさすことも否定できない事実だった。

◆

6月中旬、アメリカで音楽武者修行をしていた三男の皐月が帰国した。焼肉大学の仕事を終えたスタッフのコバちゃんと美貴子と3人で、進が遅い晩飯のテーブルを囲んでいたときのことだ。

「ただいま〜」

玄関で物音がしたかと見ると、皐月が顔をのぞかせた。

「お帰り〜」と、進は声をかけた。

他人が聞けば、なんの変哲もないあいさつだが、進には感慨深いものがあった。家族として、当たり前のあいさつが自然に出たことがうれしかった。

戸籍上では三男となっている皐月は、美貴子の連れ子。長い年月を重ねて、ようやく本当のわが子になったことを実感して、進には格別な思いがあった。どうしても死を意識せざるをえない日々のなかで、それはひとつの喜びでもあった。

台所に入って来た皐月は、汚れたズボンのポケットに手を突っ込むと、テーブルにコインを出して見せた。

「これが、残った全財産！」

日本の小銭で数百円と、中国のコインで100円程度だ。出かけたときの所持金は32万円。それが千円にも満たない額になっていた。ニューヨークに約3か月滞在して使い切った金額は、経験という貴重な財産に還元して帰って来たのだ。

向こうに職があるわけでもなく、食うために生まれて初めてストリートに立った。往来をゆく見知らぬひとに向かって歌い投げ銭で稼ぐ、いわゆるストリートミュージシャンを皐月はしていた。

苦労はしながらも、楽しかったというニューヨーク生活。主食は1ドルで2個買えるインスタントの辛ラーメンだったと聞いて、進は目頭が熱くなった。

「しんどかったけど、貧乏には慣れてるから…」と、皐月は屈託がない。

その皐月の顔を満ち足りたように眺め、彼の土産話を幸せそうに聞き入っている美貴子の満面の笑みが、進には最良の処方箋だっだ。

音楽の修行は今後ともつづけると、皐月はいった。とりあえず90日間の観光ビザが切れる前に一時帰国し、また仕切り直しして出かけるつもりだと。それで、しばらくは資金稼ぎのために、びっくりの～ずと焼肉大学で日給のアルバイトとして働く。千田わっしょい祭もスタッフとして手伝い、幕間でライブもすることになった。

「可愛い子供には旅をさせろ」

それは、親のエゴで子供を大きくしたいということではない。ひと様のお世話になりながら、世間に揉まれながら人間として仕上げていただくのだ。進と美貴子は、そんな思いでニューヨーク行きを後押しした。その結果がでるのは、まだまだ先のことだろう。

—それを自分が見届けるとこはできるだろうか…。

進の脳裏を、そんな思いがよぎった。

進は末期がんを宣告されてから、毎週火曜日に次男の弘が住むマンションにでかけてマッサージを受けるようになっていた。進のマンションから歩いて5分とかからない国道2号線沿いのマンションに弘は引っ越したばかりで、渡りに船だった。

◆

6月23日。美貴子をともなって玄関のドアを開けると、思わぬプレゼントが待っていた。

「オヤジ、これワシが作った」

そういって、弘は黒いTシャツを広げて見せた。

胸には白く「GEVANT」の文字が染め抜かれていた。ゲバントは、もちろん進が2007年にゲバントホールでリサイタルをしてからのニックネーム「ゲバント山根」のゲバントで、進がマイクを握りしめて歌う姿をデフォルメした線描きのイラストがあしらわれていた。

「でかい鼻とグラサンだけでゲバント山根になってしまうのは、絵描きの腕のなせるワザなのか、わしの実態はそれだけなのか…」

弘への感謝の気持ちを伝えるのに、進は苦笑しながらそういった。

「お義父《とう》さん、素敵よ！」

試着してみると、弘の嫁の優子が手をたたかんばかりに褒めた。

美貴子も横から同じく「素敵！」と輪唱するようにいった。

「そんなに素敵か？」

まんざらでもない様子ではしゃぐ進のまわりに、そのとき談笑の輪ができたのだったが…。

実はその日は朝から体調が優れず、食欲もなく、進は少しブルーな気分だった。がんとの長い闘いで、日に日に体重が減って、死んだ父親と同じような体型になって行く自分…。もともと骨太だけに筋肉は貧弱なのだが、目に見えて痩せ衰えるわが身を眺める毎日に、不安と焦りとを拭い去ることができないでいた。

—マッサージなんかしても根本的な治療にはならず、単なる気休めでしかない。そんなネガティブな気持ちでいたのだった。

しかし、次男がプレゼントしてくれたこの「ＧＥＶＡＮＴ」のＴシャツが、萎えて消え入りそうだった気持ちをふるいたたせてくれた。

２週間後の７月７日、七夕の夜にびっくりの〜ず貸し切りで、いまは亡き妻とも子との愛の物語を紙芝居で公演するイベントがある。紙芝居の合間には美貴子のピアノ伴奏で、進が『学生街の喫茶店』と『愛の讃歌』を歌うことになっているのだ。

—そうだ、そのステージ衣装として、このＴシャツを着ることにしよう！

暗い気持ちで次男のマンションを訪れたことなど、すでに遠い過去のこととなった。当日の晴舞台のわが姿に、胸を膨らませている進がいた。

次男の弘は、前々月の５月27日で42歳となった。進が２０１３年にライブカフェ・Ｊｉｖｅでとも子を偲ぶライブをした４か月ほど前に結婚していた。その宴席で進はブレーキが壊れたダンプカーのように歌いまくって、場内を驚愕と笑いの渦に巻き込んでいた。延々と終わらないワンマンショーに、「だれか、お父さんを止めて～」と、黄色い声で叫ばれたほどだった。

披露宴には130人の友人知人が集まった。それが進にはうれしく、誇らしかった。

―あの弘が、ここまで…。

サッカー少年だった弘は、千田少年サッカーチームのMFとして全国大会に3回も出場していた。中学生となって陸上に転向し、高校時代には中距離選手として活躍。800mでは県大会2位の成績を残している。

卒業後は父親の母校広島経済大学にスポーツ推薦で進学する予定だったが、手続きの行きちがいで入学が叶わなくなった。これで弘のアスリートへの道が断たれたことに、進も負い目のようなものを感じていた。弘は結局スポーツ専門学校に進学したが、夢を絶たれたショックは大きく、辛い青春を過ごすこととなった。

鍼灸師の勉強をするためアルバイトをしながらI専門学校に通っていた3年次、国家試験を前にして母のとも子が急死した。それでも国家試験には一発合格。

いまは広島市内中心部で治療院を経営しながら、カープをはじめプロ野球選手やトップアスリートが慕うスポーツトレーナーとして、その世界では一目おかれる存在となった。

—逆境を乗り越えて、チャンスをつかんでくれた…。

進は壁にかけた「GEVANT」のTシャツを見つめながら、感慨にふけっていた。

◆

6月29日。朝一番で月末の支払いをすべて終えて、進は美貴子を誘ってランチデートにでかけた。前日病院で、すでに打つ手なしの宣告、あとは鎮痛剤と麻薬を増やすのみと診断され、さすがの進も落胆しての気分転換だった。

痛み止めとして服用しているロキソニンの副作用を懸念する美貴子。一方、どんな薬でも副作用はあります。ロキソニンは飲みつづけてください、と指導する西洋医学…。絶望と希望の狭間で、進の気持ちは揺れていた。

それでも、「西洋がダメなら、東洋医学があるハズ」と、諦める様子もない美貴子。心配ばかりかけている彼女への罪滅ぼしもあっての小旅行だった。

鷹野橋のわが家を出た車は岩国を通り越して、周防大島に。さらにアクセルを踏んで大島の奥までわけ入ってみれば、海辺にシャレたレストランカフェが見えた。

車を止めてみると、あまりに素敵なロケーション。快晴の空の下に広がる海の景色に見とれているうちに、進の気持ちも晴れてきた。美貴子の口元からも、笑みがもれていた。

「ここで食事じゃ！」

美貴子はボリュームたっぷりのチキングリル。進はサンドイッチをオーダーした。

海を眺め、潮風を浴びながらランチしていると、傷心も落胆も潮にさらわれていくようだった。明日からもつづくがんとの闘いに向けて、気合いがわいてきた。

末期がんを宣告されて手術を受けた進だったが、それからも以前とほとんど変わらぬ生活をしていた。２年後に骨転移して放射線治療をしてからも、見た目は健常そのもので、末期がんを告白しても誰も信用してはくれないほどだった。

そんな自分にも、どうにか人並みに末期がんらしき病症があらわれただけのこと、と進は自分を慰めた。それも、まだこれくらいですんでいるのだから、何をいまさら騒ぐことがあろうか、と。

医者にいわせれば、「まだまだ末期症状ではヒヨッ子」だ。３年経ってやっと末期の入口にさしかかった程度らしく、進のタフネスぶりに医者はたまげていた。

ここまでが奇跡だったのだ。これからもまた奇跡が起こらないとは限らない…。

―やったる！　絶対に治しちゃる！

美貴子の手をとって微笑みながら、進は心のなかで叫んでいた。

山根進
7月30日

「永遠の課題曲」
いつものように夜更けにFacebookの投稿を書き終えて投稿すると、そばで眠っていた恋女房を起こし、手をそえてもらって無事に寝転ぶことができた。
少し熱があるのか、一日中寝てばかりいるせいか、１時間ほど暗い天井を見つめたまま、さっき飲んだ麻薬25mgに意識は朦朧としていた。麻薬は現実の中に、いきなり幻想を割り込ませて来る。

何度も繰り返す、暗闇の中の意識朦朧…。
そんなとき、眠っているはずの恋女房の手が…、私の手を求めてやって来る。意識朦朧男は恋女房の手に導かれて現実の世界に…。

どんなときでも、恋女房は私の手がしっかりと握り返してくれるのを待っている。「そうしてもらえると、うれしいし安心なの」と、いつもいっている。

ふたりが恋に落ちたときから、いつでもどこでも、たとえ車を運転中でも、とにかく私の手を離さないのだ。離すとすぐさま機嫌が悪くなる。
御近所さんの前では、この歳となればさすがに照れ臭いが、それでも手を離そうとはしない。嫌がる私が面白いのか、よけいに身体を寄せてくっついて歩く（笑）。

いつの間にか、麻薬の幻想の世界に引きずり込まれていた私…。

恋女房がピアノの前に座ったかと見ていると、ふたりの永遠の課題曲「愛の賛歌」の伴奏をはじめた…。私は彼女のピアノに促されるように、握りしめたマイクに向かい、涙をこぼさんばかりに感情移入して、このシャンソンを代表する名曲を朗々と歌い上げた。これぞゲバント山根節！（笑）

歌い終わって、ひとり闇に向かってつぶやいていた私の手を握ってきた恋女房…。その瞬間、現実の世界に引きもどされた私。

「愛の賛歌…、良かったわよ‼」
いままでで最高のでき、と彼女は絶賛した。
真夜中のベッドに横たわり幻想の世界に遊びながら、恋女房の伴奏で私たちの永遠の課題曲「愛の讃歌」を歌っていたというゲバント山根。それもこれまでで最高の歌唱だったという…。

夢の中で恋女房の伴奏で歌っていた私。そして、その歌に現うつつの側で聴き入っていた恋女房。そのひとときき、ふたりは次元を超えて結ばれていたのだろう。

暗い夜も明け、しだいに明るくなって行く外の風景。きょうも真夏の炎天になるのだろうか？　まるで命の盛りを謳歌するように。
そんな日に、また生きるために、私はそろそろ休むとしよう。

恋女房殿！　私が目覚めたら手を添えてくれ。いたわるように、やさしく…

第3章　天国と地獄の間で

——とうとう、来るべきときが来た。

覚悟はしていたつもりだったが、現実にこの事実に直面して、進もさすがに狼狽した。

この1週間ほどで、ガタガタと音を立てるように進の肉体は崩れて行った。歩く筋肉、からだを支える筋肉がもぎ取られ、どんどん痩せこけて、あっという間に歩行困難になってしまった。「ここまで精一杯頑張ってきたのに」という悔いと、「これからは美貴子に迷惑をかけることになる」という無念が、進の脳裏を支配した。

お昼どき、「買い物に行こうよ！」と恋女房が自宅にもどって来たとき、からだの激変を進は告げた。

「とうとう歩けんようになったで、この進のバカが！」

とりあえずは、「杖」が要る身となった。さらに歩行困難が進めば、「車椅子」が必要になるのは目に見えている。さらに下肢麻痺が進行すれば、最後は寝たきり。「介護用医療専門ベッド」すら検討しなくてはならない…。

そんな未来の姿を思い描きながら、進が事態を説明していると、話をさえぎって美貴子がいった。

「わかった、わかった進さん。まずは杖ね！」

有無をいわさぬ調子だった。

「じゃ〜、その杖を買いにショッピングに行こうよ」

私、お腹ペコペコ。何か美味しいもの食べさして、と腹をさすりながら美貴子はにっこり。「お腹が空いたときの進さんは怒りやすくて、気分も落ちこむから」といって笑みをつくった。

「お腹が膨れれば、いつもの進さんにもどるわよ」

あっけにとられ、言葉を失っている進にかまわず、美貴子は意気軒昂だ。

「私が進さんの車を運転すればいいのね、さあさあ、行くわよ、用意して！」

そういい残すと、さっさと今は亡き義母愛用の車椅子を取りに行った。

「タイヤの空気も確認しといたから」

もどった彼女は、ケロっとそういった。

女の直感とは凄いもの、とあらためて進は思った。近々こうなる日が来るだろうと用意していたのだという。

美貴子の運転で広島市郊外の総合商業施設LECTへと出かけて杖を買い求め、車椅子を買い物カートがわりに押してみれば、これは〝動く杖〟となった。

「案ずるより、産むが易し！」

耳になじんだ教訓が、あらためて進の頭に浮かんだ。

ひとりクヨクヨして、どうせ歩けないのなら家で寝転んでいた方がまし、とヒネていた自分が情けなかった。

――さすがに恋女房！

落ち込んでいた進だったが、こうして引っ張り出されて、ショッピングをし、ランチを愉しめば、以前と何ら変わることのない日常がそこにはあった。家よりも広く障害物もないフロアで、かえっていい運動になったと進は爽快感さえ覚えていた。

―どんな病状になっても、その状態なりの日常があるはずだ！

ショッピングモールの広いフロアを歩みながら、進にそのとき迷いはなかった。

◆
「元気なときから、ヤル気がなくなるまで」

体調が劇的に悪化するまでの進は、これをモットーにしていた。

『転移性脊髄圧迫』

背骨ががん細胞に溶かされて脊髄が圧迫されているため、激痛で横になって寝ることができない。かといって骨盤の一部も溶けていて、長時間は座っていられない。寝られず座れず、立っているのが一番楽な姿勢…。睡眠不足はマンネリ化し、一日中眠いのだ。それでも、なぜか元気だけは失せない進は、昼は喫茶店を手伝い、焼肉大学が宴会で忙しい夜は厨房に入り、皿洗いなどを手伝っていた。

一日中家で寝ていても、だれに咎められるわけではない。いわば戦力外通告をいいわたされた身の上。店を手伝うのは、「元気なときから、ヤル気がなくなるまで！」で、たまらなく眠いとき、痛みで我慢できなくなる一歩手前のときは、さっさと退散していた。いつでも自由に、わが家に帰って休むことが許されていたのだ。

わが家ですることといえば、帳簿の整理、支払いの段取りなど。進の一番の仕事といえば、喫茶と焼き肉、ふたつの店の仕入れだったが、これは昼過ぎのランチデートを愉しみながら、道中の行き帰りにすませるのが日課となっていた。そのとき進は、きちんと身仕度を整えて気分転換も兼ねて外出するようにしていた。

出かければどこかで誰かに会うもので、そうなると会話に夢中になってしまう。そんな時間が一番愉しく、進は痛みも眠気も和らいで、がんであることも忘れて気分的に解放されるのだった。

千田わっしょい祭の日には、ついこの前まで、朝早くから進はハードな仕事をこなしていた。しかも、ステージで歌ってもいたのだ。

ステージに立てば、「この人、ほんとうに末期がんなの？」と疑われるほどの熱唱ぶりで、からだの芯から生命が輝いているようにも思えた。そんな自分の姿が、がんで闘病するひとびとを励ます力となっていることが進にはうれしかった。

祭りの会場には、わざわざ励ましに来てくれるひともいた。

「末期がんの山根さんでも頑張っとるんじゃけぇ、弱音は吐けんよ！」

「山根さんには広島をまだまだ元気にしてもらわにゃいけんし、長生きして欲しいんです！」

そんな声をかけてもらった。

音楽仲間のマギーやルーシーなどは、千田わっしょい祭で顔を合わせるたびに、「山根菌が守ってくれる、大丈夫」と、妙な励まし方をするのだった。

会場の様子を見てまわる進に付き添っていた美貴子が、そっと耳打ちした。

「山根進・末期がんを応援する勝手連があるそうよ」

うれしそうに教えてくれた美貴子の笑顔を見て、進は思った。

――この恋女房のために、少しでも長く、元気で生きていてやりたいなぁ～

昨日までできていたこと、可能だった動作がきょうは難しくなる。萎えそうな気分を奮い立たせては、また萎えてしまう。揺れる気持ちの中で進は生きていた。

そんな進の心の支えとなってくれている友人の田濱が、ひさびさにマンションを訪れた。進が末期がんを宣告されてからだから、田濱と進とはもう3年の付き合いになっていた。いまや「命の恩人」とさえいえる田濱に、進は絶大な信頼を寄せていた。

◆

西洋医学の病院に見放されたことで、進はリスクを恐れず、遠慮せずに新しい治療方法を試すことができるようになった。西洋医学から東洋医学、インド伝承医療や民間医療を採り入れた統合医療へと射程は伸びることになった。

田濱と知り合ってから、進は彼が開発販売している「フコイダン」を常用するようになった。フコイダンは免疫力を高めるといわれるモズクを原料に作られているとかで、これを飲んでいるから、なんとかがんの進行を遅らせているのだと進は信じていたし、もしかすると生きつづけられるのではないかという希望も持っていた。

進は治療の相談ばかりか、人生の失敗談から日々の生活のこと、過去と今とのすべてを彼に話していた。

進のまわりでは、次から次へと摩訶不思議なことが起こってきた。何があっても諦めない。やりはじめたら結果を出す。〝強引マイウェイ〟を自称する進のバイタリティは凄まじく、本人は満身創痍になりながらも道なき道を切り拓き、その跡には後輩が通れる道が1本残っている…。

この凄まじいエネルギーに突き動かされて、進に関わったものは強力な支援者となる。無関係な人間までが、知らないうちに引き寄せられ協力するようになる。

「それは山根さんの何かが引き寄せているんですよ。引き寄せの原理なんです！」

田濱は進の不思議な体験を聞かされるたびに、感嘆するのだった。

そのうち田濱は治療の相談に訪れているというより、兄貴に学びに行き、いいたいこともいい合う仲になっていた。理科大で学び、乳業メーカーで開発を担当していた田濱は、一念発起して独立。（株）元気ドットコム21という会社を立ち上げて健康食品の開発販売をはじめた。

その間、さまざまな医療関係者と交流を持った田濱は、日本統合医療の第一人者をはじめ、さまざまな医療関係者にも数多くの友人知人を持っている。進の様子から、もっとも効果がありそうな治療法を専門の知人に相談して、その情報を包み隠さず進に教えてくれるのだった。

その田濱が、この日は開口一番こういった。

「山根さん、ここで負けないでくださいね！」

いつもの柔和な調子に似合わず、語気に力がこもっていた。

「ずっと頑張って来た人も、最後はあきらめて病魔に白旗を振ってしまう。せっかく、それまでがんばってきたのに…」

それが悔しいんです、と田濱はさらに力をこめていった。

「山根さん、気力はまだまだみなぎっているし、声もしっかりしておられる。ここが正念場です！」

そして、具体的なアドバイスをくれた。それが「生活の3か条」だった。

「まずは眠ること。よく寝ないことには免疫力が落ちて病魔と戦えません」

つぎは、食べること。

「口から入れるモノに優るモノはありません。野菜を中心に食べることですが、お肉もしっかり食べてください」

そして、運動。

「痛いときは寝ているしかありません。でも、動かなければ動けなくなってしまいます。筋肉が落ちればボケが促進されて、戦う気力など木っ端微塵です」

がんに白旗を振ることはない。田濱は、そう励ましてくれた。


坂道を転がるように日に日に容態が悪化。というよりは断崖絶壁からドスン、ドスンと墜ちて行くような毎日…。

浮腫みが酷くなって、足が重く歩きにくい。昨日にくらべて胸髄《きょうずい》から下の下半身、とくにお腹のシビレが増してきた。足に力が入らず、進は杖をつきながらもフラフラと歩くようになった。

いよいよ移動は車椅子がないと困難となって、マッサージのために弘のマンションに通うことが辛くなった。事情を聴いて、弘がこの日から自宅に通ってくれることになった。

明日は、紙芝居イベント。石にかじりつくような思いで練習を重ねてきたのに、「なんでいまなのか？」と進は恨んだ。

足の裏は第2の心臓ともいわれ、全身のツボが集中する場所。全身の臓器や循環器系などの各部位のツボがあり、そこを刺激してリンパの流れ、血流を良くして改善するのがリンパマッサージだ。

これが、悲鳴をあげるほどの痛さ。とにかく痛い、が抜群に気持ちいい。浮腫みを抑えるために腎臓を押してマッサージするが、これをやられると、痛みとともにヘンな快感に襲われる。「あっあ～」と、意味不明な雄叫びが漏れるのだ。

「オヤジ、変な声あげるなよ。がん患者らしくしてろよ！」

弘は声を荒げていった。自分は真剣に施術しているのに、この男だけは…、と腹を立てつつ苦笑していた。

弘によると、よくぞここまでと感心するほど我慢に我慢を重ね、堪えに堪えてきた肉体が、とうとう限界値を越えてしまったという。そのために一気に症状が出ての結果。それで病状が劇的に変化してしまったらしかった。

「それでもオヤジが元気でいられるのが、信じられん！」

弘は感心するばかりだった。

にも出さなかったが…（笑）。

つづいて、まちづくりの理解者で、市民活動家としてはナンバーワンの実力と知名度を誇る渡部朋子が顔を出した。

そのほか、各界の大御所がズラリ勢揃いし、会場のぴっくの〜ずは異様な雰囲気に包まれていた。

それでも、私はなんとか歌い終えた。体調すぐれず、緊張と興奮に襲われながら、窮鼠猫を噛む‼的な火事場のバカ力、アドレナリンがからだ中から吹き出し、鬼神の如く立ち振る舞ったゲバント山根‼（笑）
とにかく私にとっての一大イベントは終わった。とりあえず歌うことはできた…。

家に帰って、ひと眠り。そして目が覚めると…、全身が痛い‼　やけに痛い‼
きょうのきょうまで、我慢の連続を強いられていた痛みが、もう遠慮することはないとばかりに自由気ままに、この世の春を謳歌しているがごとしだ。（笑）
明日から、どないしょう？

痛みは襲ってくるし、日々の目標もなくなった。歌のレッスンはもうないし、ライヴの予定もない。燃え尽き症候群となったゲバント山根は、末期がんには格好の餌食ではないか。（笑）

それでもゲバント山根、ともにやりきった恋女房の満ち足りた顔を子守唄に、ただいま、爆睡中‼

山根進
7月8日

さぁ〜て、明日はどうなりますか。生きてるのかなぁ〜？

おかげさまで７月７日の紙芝居イベントは大成功。
いまは祭りの後の燃えつき症候群の真っ只中（笑）。

当日は、満員御礼の学生街の喫茶店・びっくの〜ず‼
古い友も新しい友人も、ひとつの紙芝居空間でひとつになれた愉しい時間。

私は歌うことだけに専念し、繰り返した練習の成果も出た。あらたなゲバント山根を、みなさんの前で披露することができた。

満場に響き渡る拍手が鳴り止まない…。歌を初めて８年目に入ったゲバント山根＆ 恋女房の成長が確認できた日となった。

終わった…、良かった…‼
今回の紙芝居公演は寝たきりに近い状況とあって、
生まれて初めて車椅子歌手として参上した。

最初の来場客は広島音楽シーンのドン、上綱克彦だった‼
すでにアルコールを飲んでいた彼は、ふらっとステージを見に来た、それだけのことだったのだろうが…、
ステージ前の緊張がさらに膨らんでしまった。
もちろんそんな弱気は、このゲバント山根、おくび

断崖絶壁から突き落とされ一気に谷底へ…。

そう表現するしかない体調崩壊劇がはじまり、その先には緩和ケアへとつづく道と、在宅介護へと至る分かれ道が横たわっていた。

—さて、どちらに向かうべきなのか…。

痛みも酷いために、病院へ直行すると、激変した進の様子に驚いた医師は息をのんだ。そこで進は、この1週間に起こった異変をつぶさに説明した。

「山根さん、いままでが医学的には信じられない状態だったんよ」

進の肉体は奇跡的ともいえる頑強さで、末期がんの進行に抗ってきたのだ。

「でもね、コトここに至れば緩和ケアの道へと方向転換すべきでしょう」

医師は、すぐにでも緩和ケアに移ることを薦めた。

しかし、進はあくまでも在宅介護の道を模索するつもりだった。その相談をするつもりもあって来院したのだ。

・自分は公的支援を受けられる状態なのか、介護認定の対象になるのか？
・いざというとき、痛み専門のペインクリニックへの紹介をしてもらえるのか？
・在宅介護用品のレンタルと、緊急時の入院はお願いできるのか？
等々の質問をぶつけたかったのだ。

しかし、現実は甘くはなかった。

「躊躇している時間はありませんよ」と、医師は切羽詰まった様子でいった。

病院が薦める緩和ケアへの道か、美貴子が切望する在宅介護の道か…。この分かれ道で、待ったなしの選択を迫られた。

―迷ったら原点へ！

これまで夫婦ふたりで、さんざん考え、気持ちを確認し、苦労も乗り切る覚悟で決めていた在宅看護。その原点に還ろう。

「在宅介護で考えたい」

こうして進の車椅子は、在宅介護へ。そして、いよいよのときは緩和ケア施設のゲートをくぐるということになった。

美貴子は、うれしさを隠さなかった。介護の負担は免れないが、これで自宅でずっと進といられることになった。彼女はさっそく進のベッドの下に蒲団を持ち込んで、「きょうから、あなたのベッドの下で寝るわ」と、さっさと寝床を作ってしまった。

いよいよはじる在宅介護生活。進は人生最後のコーナーを、あとひと踏ん張りして見事にまわりおおせてみせる、そんな覚悟だった。

末期がんを宣告された進は、外科手術をし放射線治療も受けた。しかし、がんの3大治療のひとつである抗がん剤だけは拒否してきた。前妻とも子も、がんであることを自覚していたはずだが、息を引き取るまで抗がん剤は1ミリグラムも使用しなかった。がん特有の痛みもなく、発症前と同じように普通に暮らし、仕事も変わりなくこなしていた。

そんなとも子を見ていて、進も抗がん剤治療だけは受けまいと決めていた。そして、最後まで自宅で普通に生活し、死ぬ直前まで愛するひとと暮らしたいと切望するようになっていた。進は亡き妻とも子と同じ道を選んで、がんと向き合っていたのだ。

路上の車の運転は諦めざるを得なかったが、あらたなオモチャが手に入った。高級外車のスポーツカーよりも稀少な、環境にもやさしい電動車だ（笑）。

介護用品の導入で生活レベルは飛躍的に向上したが…、レンタル料の負担はすべて3割になるらしい。できれば1割負担に、と希望したが、私は老人の割には所得が高いためだ。（涙）

97歳でお婆ちゃん（母）が亡くなり、未成年の皐月が成人を迎えて私の扶養家族から削除されて控除額が激減したためだ。

楽あれば苦あり‼
すべてが上手く行くほど世の中は甘くはない‼（笑）

山根進
7月 11 日

わが家に介護用品が届いて、快適な生活がスタートした。
セミダブルの介護ベッドは期待したとおりに快適そのもので、前日まで下にマットレスを敷いて寝たり、狭いシングルベッドのすき間に寝ていた恋女房が、わがことのように喜んだ。

さっそく「試しに！」と、セミダブルの広さを体感しながら横になると、そのまま爆睡してしまった。(笑)

こうなると少々の声や騒音では起きず、焼肉大学の営業が終わって皐月とコバちゃんが引き上げて来ても爆睡中で、その夜は結局 30 分遅れの晩飯となってしまった。(笑)

お風呂にもトイレにも、転倒防止の手すりや用具が取り付けられ、安心して使用できるようになった。

室内専用の歩行器は楽チンで、歩くという軽運動をこなしながらトレーニングにもなり、室内の行動範囲は広がりそうである。何か物を持つところを探しながら、おっかなびっくりの歩行だった前日までが嘘のように生活環境が改善された。

お出掛け用の電動車椅子は、手元のボタンひとつで運転が可能。試乗してみる操作が上手と、お上手をいわれて、すっかりその気に (笑)。

紙芝居ライブから1週間がたった。ようやく身辺が落ち着いた進は、美貴子が押す車椅子で緩和ケアの病院に見学にでかけた。暑い日射しが照りつける大地には蝉時雨が満ちて、生命のたぎりを思わせた。

—この生命力が、わが身にも染み入りますように…。

進はマンションを出るとき、ふとそんなことを願っていた。

病院では、担当医と面談ができた。もしものときの相談をしたかった進は、受け入れ態勢のことなどを確認したかった。

ところが、進の様子を目にした医師は、「何しに来られました？」というような表情で対応した。進の容態は楽観をゆるされないものの、まだまだ安楽死が近い重篤な患者には見えなかったのだ。

「とにかく検査だけはしてみましょう」と、進はCT検査室へ。その結果は…、

「たしかに病状は重いですが、きょう明日に命がどうのこうのというレベルではありませんよ」

転移性骨髄圧迫は胸髄のほかに、あばら骨や骨盤、いたるところに散見できた。それでも、すぐに骨折するほど脆くなっているわけではなかった。肺がんは、かなり進行しているが、水がたまっている様子はない。肝臓がんも致命的とはいえなかった。腎臓がひとつダメになっていたが、一方が機能しており、総合点１００点満点でいえば62点だという。

「現状、在宅介護でじゅうぶんでしょう。必要があれば入退院をしながら、いよいよのときは緩和ケアの当病院で」という判断だった。

少なくとも、そのときは今ではなく、入院の予約だけは受け付けておきましょう、ということになった。緩和ケア的に見れば、状態はもちろん白ではないが、かといって黒でもない。黒に近いグレーという評価だった。

ホッと胸を撫でおろした進は、その帰りに美貴子に伴われて温熱治療院に立ち寄った。そしてドーム型の温熱治療器に入った。

これは遠赤外線を使ったドーム型の温熱療法で、首から下をスッポリ入れて体温をあげ、汗によってからだの毒素を排出しようというものだ。30分もすれば、出るわ出るわ、瞬く間にバスタオルが何枚もビッショリになった。進はこの汗とともに体毒が流されると思うと、充実感とともに清々しい気持ちになるのだった。

ライブのとき、フルスロットルで感情を高ぶらせ熱唱する進は、吹き出すような汗をかいていた。あのときの興奮、快感がよみがえってきたようだった。

「美貴子、また曲を作ろう。こんどは失恋の歌やスローテンポのブルースでもなく、人生の応援歌だ！」

治療院からの帰り、車椅子の背中越しに進は美貴子にいった。

「死の淵からよみがえる、男の歌を…」

美貴子は、ふっと目頭が熱くなった。

いま気力だけで生きている進が、まだまだ生に執着しようとしてくれている。それがうれしかった。

「そうね、進さんにしか書けない歌を…」

痩せ細ってしまった進の肩に生命の息吹を注入するように、夏の空から蝉時雨が降り注いでいた。

それから自宅マンションに帰った進に、落ち着く間もなく訪問客があった。知人が紹介してくれた波動治療のスタッフだった。

この治療法はロシアのノーベル賞科学者3人が共同で研究開発したというふれこみで、日本ではまだ正規の治療方法としては認められていないが、ドイツではすでに公認されているということだった。

すべての物体は、波動からなりたっている。人間のからだも例外ではない。その波動が何かの影響で乱れたときに、人間は病気になる…。そこで、からだに本来の波動を憶《おも》い出させ、正常な波動を甦らせることで健康体にもどそうという治療法。末期がんを克服するために、さまざまな情報に接していた進も理屈だけは知っていた。その治療を実際に受けられることになったのだ。

「この波動測定治療は、西洋医学でも東洋医学でもない、いわゆる第三の新しい治療法とでもいうもので、宇宙のパワーを人体に取り入れ、波動の乱れを元にもどす治療法です…」

営業の担当者は、そういって進の反応をうかがった。胡散臭い治療法と思われないか、うかがったようだった。しかし進は、担当者の眼をのぞき返すように、真剣に説明を聞いていた。

治療法といっても、患者はヘッドホンのようなものを頭部に装置するだけ。すべての臓器、骨、皮膚から脳まで、コンピュータが800か所に分けたからだの各部位に正常な波動を送り、乱れている部位を探す。ただじっとしているだけで、つぎつぎに検査数値があらわれる。この間15分程度だ。

各部位の波動は1～6までの数字によって画面に表示される。1～3が健康な波動、4～6が敏感になっている部位で、そこが病気になっているとされる。5と6はより深刻な病状だ。4以上を計測すると、コンピュータが健康な波動を送り込み、正常な数値1～3まで覚醒させる…。

さっそく進も頭にヘッドホンを着けられ、つぎつぎに測定された数値がはじきだされた。ところが、それらのデータは、判で押したように1から3まで。末期がん患者のそれではなかった。念のために、あらためてセットし直してみたが、数値は変わることはなかった。

「いくらやっても、健康なひとより正常なんですが…」

検査員は、怪訝そうな顔をした。細胞のミトコンドリアもＤＮＡにも問題はなく、尋常でない生命力に驚いていた。

「きょう測定したところでは、シロです。数値的には健康としかいいようがありません」

首を傾げながら、彼は評価をくだした。

「全身がんに侵《おか》されていて、大変な病状であることに間違いはないんですが…」

現時点では数値的には問題なく、まだあきらめるレベルではない。機材を片付けると、担当者はそういって引き揚げて行った。

この時点で、進の病状は三者三様に評価されることになった。西洋医学では緩和ケアを薦めるほどの「クロ」。緩和ケアの現場では、今すぐどうのこうのとはいえない「黒に近いグレー」。そして、第三の治療測定では、健康な人より健康な「シロ」ということになった。

「わけがわからない！」

進は自分のからだの不思議に、戸惑うばかりだった。

第4章　最後の奇跡

「はや～！」

それが進の、いつわらざる心境だった。

7月15日。とうとう、寝たきりになってしまった。きのうのきのうまで、意欲的に治療のことを考えていたのに、肉体は容赦なく現実をつきつけてきた。

つい先日、ふいに歩けなくなって杖を買い求めることになり、その翌日にはもう車椅子の生活になった。それが今はもう、ベッドに横になるしかない自分…。ひと晩寝て目覚めてみれば、痺れで足腰が立たず、自力でトイレに行くこともできなくなっていたのだ。

—ああ情けなや！

進は、ひとりつぶやいた。

—このショック、落胆をどう表現したらいいのやら…。

山根進
7月17日

深夜3時の…そそう…プライドがズタズタに
(;_;)/~~~(;_;)/~~~

寝たきりとなり、足が立たなくなり、身動きが不自由となった私。
一日中…私の介護が仕事に加わり、疲れはてて…爆睡する恋女房。

明日は尿管を着けて貰えるはずの最後の夜。オシメをして…そそうの無いように万全を整えて貰い熟睡していた。

深夜にトイレをしたくなり、寝たまま…一人で尿瓶を取り出して…恋女房を起こさぬように時間をかけて用を足した。

やれやれ…やれやれ…どうにか用を足し終えて用意された机に尿瓶を置く。暗闇の中の一人作業…机の上に置いたと思った瞬間、尿瓶は机の下に落下。その音で恋女房が目を覚ました。
電気をつけると、尿瓶の尿は全て飛び散り、空となっていた。黙々と後始末をする恋女房。眠たいのに…文句一つ言わずに…
私はオシメをして…只、見守るだけ…
急に情けなくなり…男のプライドもズタズタで…涙が止まらない。

申し訳無い‼　すまない (;_;)/~~~‼　声に成らな

い声で…泣きじゃくるだけの無能な男山根進…

恋女房は側に座って…無言で慰めていた。情けない…恋女房に肩をさすって貰って…まるで幼児ではないか…

深夜３時…恋女房はまた側で爆睡をしている。何事もなかったように…
こんな事は覚悟しての在宅介護。お婆ちゃんの時もそうだった。下の世話を終えた後…お母ちゃんお母ちゃんと話しかけ、母も笑顔で楽しそうに話していたのを思い出す。

私は半身麻痺で動けない。それでも在宅介護の道を迷わず選んだ。恋女房に全てを任せ、託して生きて行くと決めた。
ただ…その覚悟が曖昧で…男のプライドとか言う、役にも立たない物が邪魔をして…男らしく無い、女々しい姿を暗闇の中に、一人さらけ出して泣いているに過ぎない‼

情けないぞ山根進‼　どうした山根進‼　それで、これからも男を張って生きて行けるのか？!
死ねや…馬鹿‼　女々しい姿を恋女房に見せて同情でも買って…繋ぎ止めたいのか山根進？!

何が有っても…胸を張れ‼　反省と感謝だけは忘れるな‼　何が有っても堂々と‼　それが出来たから…今がある。病気に負けるな…胸を張れ‼
深夜一人…余りに情けない事の連続に、自分に渇を入れ、叱咤激励している…

早すぎる〝病状悪化劇〟の展開。たった2週間前までは自ら愛車を運転して、美貴子とのランチデートを楽しんでいた。そして先週末は紙芝居ライブで、彼女とふたり、気の置けない仲間たちの前で熱唱したばかり。そんな楽しい思い出が、いまはもう遠い過去の出来事のように思えた。

人生、山あり谷あり。良いときもあれば、悪いときもある。わかってはいたつもりだったが、このところ谷ばかりを歩かされているようで、さすがの進も凹んだ。

苦しいとき悲しいときに、涙ひとつ流さないのは嘘だ。

―泣きたいときは思いきり泣け。悩むときは本気で悩め!

しかし、いつまで泣いていても仕方ない。悩み落ち込んでいても意味がない。だから30分以内、30分したら気持ちを切り替え、前を向いて一歩一歩と歩きだす、それが進の『不撓不屈《ふとうふくつ》の30分ルール』だ。

20年あまり前、はじめてがんが見つかり手術をすることになったとき、看護師が病室に来て「山根さん、大丈夫ですか？」と声をかけてきた。

「大丈夫！」そう答えると、「ほんとに大丈夫ですか？」と、念を押すように聞き返してきた。

「大丈夫ですけど…」と繰り返すると、「それならいいんですが…」と、顔を曇らせて退室していった。

看護師は進の病状を詳しく知っている。その看護師が執拗に念押しするので、進は急に不安になった。なんといっても、ステージ3のがんだ。5年後の生存率が半分以下といわれていることは知っていた。

―わしは、きっと死ぬんじゃ！

看護師とのやりとりを思い出して、夜中の2時ごろになって進のからだが急にガタガタ震えだして、止まらなくなった。「死」が現実味を帯びて、ベッドの上の進にのしかかってきたのだ。

からだの震えはコントロール不能となった。震える自分の腕を見ながら、得体のしれない恐怖と不安を感じていた進…。

しかし、そのうち枕元から、声ともいえない声が聴こえてきた。

「山根進よ、震えとって事態が変わるんか。がんは治るんか？」と。

そのとき、進は雷に打たれたように啓示を受けた。

—そうだ。いつまでもめそめそしていて、いったいだれが助けてくれるのか？ いま自分が震えている震えは何のＳＯＳにもならない、まったくムダじゃないか、と。

その間30分くらい。そのときから、進は不思議に前向きな自分になっていた。もし山根進という男が世に必要な人間であれば、ここで命が断たれるわけもない。世のためひとのためにつくすものには、生は約束されるだろう、と。

そして…現実に奇跡は起こっていた。

進は5年生存どころか、あれから20年以上〝強引マイウェイ〟でやりたいことをやりたいようにやってきたのだ。

きのう、進は電動式車椅子に乗せてもらって千田わっしょい祭に行き、久しぶりにお出かけ気分を満喫していた。

ベッドで熟睡していると、朝９時に現場で下準備をしていた美貴子が迎えにやって来た。いわれるまま、命令されるままに、車椅子に乗り込み、慣れぬ手つきでハンドル式のアクセルを操作して祭りに向かった。

電動式車椅子での移動は、生まれて初めての経験。会場である広大本部跡地までの片道約１㎞、「最大時速３キロは出る高級スポーツカー！」と、ジョークを飛ばして走りだしたが、歩道の段差が危ないので低速走行に。

「時速１キロの安全運転ね！」と美貴子が笑った。

そんな会話を楽しんでいるうち、ものの10分ほどで会場に到着した。

フリマの出店者、常連客が車椅子の進を見つけて走り寄ってきた。

「どうしたん、山根さん？」

そのひとりひとりと挨拶を交し、〝車椅子自慢〟をする進。なかなかステージ横の本部テントにたどり着けない。

27年間の歳月をかけて作り込み、なにを差し置いても継続してきた千田わっしょい祭は進の根城であり、人生の舞台といっても過言ではない。悪戦苦闘、獅子奮迅…。回を重ねるごとに赤字を帳簿に書き加えながら、それでも開催を断念しようと思ったことはなかった。

このイベントを愉しみにしているファン、頼りにしている出店者。そしてステージにあがってくれるミュージシャンたちのためにも…。この祭りにかかわるすべてのひとびとは、みんな進の〝舎弟〟なのだ。彼らを裏切るわけにはいかなかった。いま何もできないからだとなった進は、行っても邪魔になるだけと、最初は会場入りをためらっていた。しかし美貴子の強引さに負けて、しぶしぶ車椅子でやってきたのだったが…、やっぱり千田わっしょい祭は進の魂のよりどころなのだ。

—ありがとう、みんな！

この日が最後の祭り、現場入りになろうとは思いもしなかった進だったが、自然に感謝の気持ちがわいた。

—ありがとう、千田わっしょい祭！

ステージでの演奏がはじまったのを見届けると、進は美貴子に付き添われて帰宅した。約2時間の外出は、辛いわけではなかった。それでも美貴子に促され出かけてよかったと、進は思った。

電動式車椅子の操作も修得した。近場なら、買い物に外食に仕事に、明日からは独りで行くこともできそうだ。独力では立つこともできないどころか、一日中ベッドで過ごす毎日となったが、電動式車椅子が足の代わりをしてくれた。

これからは行動範囲が、ホンの少しではあるが広がりそうだ、そんなささいな希望を抱いてもいたのだったが…。

◆

千田わっしょい祭の翌々日。朝一番に、この祭りの前身となった第1回千田祭の実行委員長で、ともに祭りの礎を築いた仲のSが大阪から来訪した。いまは毎日新聞社の編集委員をしている彼も、ここ最近の進の病状を心配して、忙しい中、飛んで来てくれたのだ。

お昼からは在宅医が来て、尿管を入れるカテーテル施術。これで進は、尿だけはトイレに行かなくてもよくなった。

「これで心置きなく、お見舞い客のお相手ができるで、先生」

進はウィンクしながら、感謝の念を伝えた。

在宅医の先生が帰ると、入れ替わるように波動測定器の担当と検査員が、わざわざお休みを取って来てくれた。今回は測定のほか、ロキソニンに代わる漢方の痛み止め薬を持参したと、10日分をプレゼントしてくれた。これには美貴子の方が喜んだ。

さらに元広大生で喫茶店びっくりの〜ずの常連だったTが、夫人同伴で遠路はるばる神戸から来訪した。彼は先輩の口利きで、卒業時は住友銀行に就職したが、現在は保険代理店の社長をしていると進に報告した。彼と夫人はびっくりの〜ずで知り合い、進の世話で結婚したこともあって、当時の懐かしい思い出に花が咲いた。

この日、もっとも進が喜んだ来訪者は、長男の大だった。大は2日間滞在して、麻痺した進の足を何時間もマッサージをしながら、からだの調子や、「それでも幸せだ！」という進の生活ぶりに耳を傾けていた。そして、東京での自分の暮らしと家族との愛を問わず語りにしゃべった。

大は両親の過剰な愛と期待から逃げるように、東京へと飛び出していった。結婚後は色々とあって、ずっと疎遠になっていたが、幸せでいてもらいたいという進の気持ちは何ら変わることはなかった。その大との確執が、こうして氷解したのが、進には何よりうれしかった。

―これも末期がんになったおかげだ。

がんは進を確実に死の世界へと囲い込んで行くが、生の世界に素敵な土産を置いて行ってもくれる…

人生を懸命に生き、生きてほしいと願ったゆえに生まれてしまった家族の確執。それが人生の終幕になって和解への扉が開かれることになった。

―ここが大の実家、故郷だと、あらためて実感してくれたろう？

進は、しみじみとそんな感慨に浸っていた。

7月下旬には、進のからだは悪いなりに落ち着いていた。何があっても、どんなに落ち込んでも30分で気持ちを切り替える進が、いつまでも凹んでいるわけもなく、自称「元気過ぎる末期の末期がん患者」にもどった。

進は、これまでの医療のことをふり返り、先の治療のことを考えていた。現代の西洋医学の限界と矛盾。そして残酷な治療を平然と繰り返す大病院のシステム…。

末期がんの〝病院難民〟は、進の知り合いにも少なくなかった。そのことには昔から疑問を感じていたし、納得できないシステムには、涙より怒りが先に立った。

その原因のひとつには、患者と医師との間の意思の疎通が欠けがちだということもあるだろう、と進は思う。自分の場合も、それは痛感していた。

背骨の転移性骨髄圧迫で、日に日に容態が深刻になっていた進の症状を見かねて美貴子が、がん治療とは切り離して、とにかく元気があるうちに背骨の手術をしたい旨を大病院に相談したことがあった。しかし、病院では、けんもほろろに拒否された。

そこで美貴子はインターネットで調べあげ、倉敷のK病院で手術をしてもらえるかもしれないという情報にたどり着いた。

しかし、それまでかかっていた病院の紹介状、さらに治療経過と最近のデータなどをそろえなければ診察を受けることさえ難しい。それでも美貴子は、わずかな可能性に賭けて、ひとり出かけて行ってみようとしていた。

その経緯を聞いた在宅医は、「私が紹介状を書いて見ましょう。すべてのデータベースもコピーして添付します」と、進たちに手を差し伸べてくれた。それで、やっと手術への道が開けたのだ。

K病院が紹介状を受けて、進を診てくれるかどうかはわからない。しかし、なんとか突破口を切り開いて進に手術を受けさせたいという美貴子の思いは報われることになった。それは、堂々巡りしながら谷底に落ちて行っているような進にとって、闇に射し込んだ一筋の光だった。

吉報は寝て待てというが、文字通りに寝たきりの進に、数日後にK病院から面談の日時を報せる電話が入った。

すでに何の治療もできないと宣告されたまま、緩和ケア施設送りを待つ身だった進の前に、美貴子のお陰で、とりあえず希望の道が展けたのだ。

6日後の8月1日の木曜日、午後3時30分にお会いして診てみましょう、ということだった。まだ手術ができるかどうなるかは不明だが、末期がんの末期の進にも、まだ闘える可能性は残された。

7月が堕ちに堕ちた月だったとすれば、8月は生き延びられるかもしれないという実感を得る月、あらたな治療にチャレンジする月にしなければならない…。

—神から与えられた、生き抜くためのラストチャンス!

こんなからだになった自分に、神がさらに難関を用意することもないだろう。うまく行くのならば、面白いようにスムーズに行くはずだ、と進は思った。

若いころはビジネス欲を満たすために、体力にまかせて、運命をねじ曲げてでも目標を掴み取るんだと頑張った。つまらぬ努力を重ねていたものだ。

自分を捨てて世のため、ひとのために尽くせば、お天道様はチャ〜ンと見て下さっている。次から次へと、面白いようにチャンスをくれるし、支援をしてくれるものなのだ。

—おれの未来が、まだ世のためひとのためになるのなら、そんな神が見捨てるはずもなし！

山根進
7月29日

癌の経済学
どうしても、どうしても、笑顔は変顔に！
私の体調の低下に合わせるように、喫茶と焼き肉、ふたつのお店も低空飛行中なのだ。（涙）

看板男？が不在の上、さらに看板娘ならぬ美人女将がその介護で不在となって、7月の半ばごろから売り上げが芳しくない。それは覚悟していたことで、仕方のないことと達観はしているのだが…(😑)/~~~

こんな生産性のない時間には堪えられない…。店の窮状をなんともすることができない無力な自分に苛立っていると、そんな心中を察してか、恋女房はアッケラカンと、そんなこと関係ないわといわんばかりにカメラを向けて「ハイポーズ！」。そのたびに、つい作り笑いをしてしまう、情けなき私。（笑）

一日も早く倉敷のＫ病院に入院して手術をしたい。そして一日でも長く入院して体調を改善したい…。

倉敷に入院となれば、お見舞いにもそうそうは来られない。そうなれば入院期間中は、恋女房は介護から解放されてからだへの負担は軽くなるし、なにより職場に復帰できる。

恋女房が復帰すれば、店の業績はＶ字回復。もちろん彼女の時間分のアルバイト料金が経費削減となって経営は元のように安定する。

それに私が入院すれば、加入するふたつの保険会社の保険が適用されて、１日２万２５００円の支給がある。がん保険適用の手術なら、程度に合わせて手術見舞金がそのつど出るので大助かり。その額は結構なものとなる。それを思えば、がん様々、がん保険様々。
「本当にありがたい‼」（笑）

癌となって一番怖いのは死と直面させられることだが、仕事が突然できなくなる経済上の不安にも襲われる。収入が途絶える、あるいは激減する癌患者に、とんでもない高額な治療費がのしかかってくるのだ。毎月の請求額に生活が脅かされつづけて。いつか疲労困憊してしまう。そのストレスが、また癌に悪影響を与えるのだ。

ステージが３、４と高い癌患者ほど、再発が何度も繰り返されて、いつしか闘う気力も体力も萎えて、虚しさに疲れ果ててしまう。ここで、「ナニクソ～‼」と踏ん張れる癌患者は少数派だ。

それでも「気力で癌を抑え込むのだ‼」と、強い信念でなにがしかの治療法を探し出し、それを信じて治療に専念している強い癌患者もいないわけではない。

その癌友のネットワークは大切で、さまざまな癌友から得られる情報は貴重だし、その活躍と回復事例はわが事のようにうれしい‼
治す勇気をもらい、意を強くし、がん克服への夢につながるからだ。

勇んで出かけた倉敷のK病院だったが…、進はフェイスブックの投稿で残念無念のお知らせをしなければならなくなった。

「ときすでに遅し！」

背骨の手術は無意味。いまの進のからだは想像を越えた病状で、緩和ケアを待つ末期がんの患者には、やはり厳しい現実が突きつけられることになった。想定内だったとはいえ、「治療方法なし！」を目の前で告げられ、進はあらためて現実を直視せざるをえなかった。

それでも、すでに覚悟はしていた結果が申し渡されただけと、進の30分ルールが作動した。

「やはりそうか！」

もともとダメ元のチャレンジだったのだ。それを医学的に確認してもらったまでのこと。

「残念ではあるが、無念ではない」

進は、投稿にそう書き込んだ。

美貴子と弘のふたりには、倉敷からの帰りの車中で「死は時間の問題」との覚悟を伝えた。と同時に、いま以上に進行しないうちにあらたな治療方法を探ってくれるようにも頼んだ。

—こんなことで怯むくらいなら、一縷の望みのために、わざわざ倉敷まででかけるはずもない。

ダメなら、ほかの手を探るまで。死ぬ覚悟さえ固めていれば、いつ何があっても慌てることはない。

「さぁ〜、心機一転！」

明日からまた、生きるための挑戦がはじまる…

山根進
8月4日

暑い、熱い夏。またヒロシマの８・６がやって来る‼
74 年目の「平和を願う日」…。

家族を焼かれ、すべてを焼かれ…、たった数秒で廃墟とされた広島。地上 600m、現在の島外科の上空が人類史上初のグラウンドゼロ地点、８時 15 分が原子爆弾リトルボーイが炸裂した瞬間であった。

原子爆弾の威力を知る実験のために、広島市が選ばれての原爆投下。広島市のど真中、T 字形橋の相生橋が上空１万メートルからの標的となった…。

その地上には広島の繁華街があり、住居があり、軍事施設があったが、ひとは点にもならず顔など見えるはずもない。ゲームのように投下ボタンを押したＢ‐29 爆撃機は急旋回して安全圏まで飛び去った…。

「ピカッ！」と光ったあの瞬間。ピカドンの瞬間から広島はヒロシマとなり、平和都市建設法が公布されて、特別待遇で戦後復興をいち早く達成した。
被爆の爪痕の上に築かれていった近代都市。「証拠隠滅」と揶揄された復興…。

そんなヒロシマと私とのかかわりを話してほしいとの依頼で８・６の２日前、今日８月４日にＦＭはつかいちのラジオ生放送で、「平和」をテーマに電話でゲスト出演することになった。

これらの市民活動を精力的にはじめたきっかけは、前妻とも子のひとことだった。
１９９３年から千田わっしょい祭を開催するようになった。商売の喫茶店とコインランドリーの経営もある。てんやわんやだったが、彼女はそんなことでは満足していなかった。

「広大跡地とか地域のためだけじゃなくて、広島市全体のためになることをしてほしい」
あなたは世のためひとのために何かをするひと。そういって、いつも私の背中を押すようなオンナだった。

それにしても、ヒロシマの核廃絶の願いに反して核拡散するばかりの国際情勢。
覇権国家アメリカの衰退が、各地域の軍事バランスを微妙に崩し、新たな防衛策を各国が講じざるをえない。核廃絶を呼びかけた大統領のオバマは去り、政権はトランプに移り、アメリカ第一主義は世界の軍事バランスを壊してしまった。

こんな風雲急を告げる今こそ、世界平和のメッカでもあるヒロシマは、世界に向けて具体的な提案を行い、果敢に動くとき…。

そんな火急のとき、末期がんで一歩足りとも身動きできず、寝ているばかりのわが身…。
「畜生、畜生のコンチクショー‼」と、こころの中で叫ぶ市民活動家の山根進の上を、悔しく熱い８・６が過ぎて行く。

チクショ～‼

―8月8日は、横にすれば…∞・∞（ダブル無限大）の日！

身動きできない進の身辺で、毎日のように目まぐるしく変わる事態は止めどなく、まさに無限大。課題はいくらもあらわれて、相変わらず「死んでる暇もない」と進は意気軒昂だった。

課題のひとつは、喫茶びっくの～ずの営業についてだった。

美貴子は夕方からは焼肉大学の営業と進の介護があるため、営業時間は朝9時～午後3時まで。少し早い閉店となるが、それもやむをえないことだった。しかし、もったいないとの思いは捨てきれず、進は前々から夜の営業をしてくれるスタッフを探していた。

そんなこんなの6月中旬に、皐月がニューヨークから一時帰国。次のステップのための資金が必要とかで、しばらくは喫茶店でスタッフとして働くことになった。それでも夜の営業までは手がまわらず、また、どんな営業をしていいのかのアイディアもわかなかった。

そのうち、千田わっしょい祭の手伝いをしてくれるようになった若者たちが営業を応援してくれるようになった。そして、そのリーダー格の若者が、夜の営業を任せてくれないかと申し出てきた。

その若者は、若輩ながら地元鷹野橋で不動産業を営む経営者。まちづくりにも興味があって、鷹野橋にかけた地ビール『鷹の爪ビール』を開発したことで話題にもなっていた。

彼は進の過去の実績に敬服し、進を崇拝すらしていた。「オヤッさん！」と、毎晩のように訪ねてきては、ベッドのそばで顔を紅潮させながら『ナイトびっくの～ず』の具体的な営業プランをもちかけてくる。

そのアイディアの面白さ、彼の行動力を知るにつけ、根っからの商売人である進は「見込みがある！」と判断した。

「いまは美貴子が喫茶店の責任者であり、即決はできないが、できれば任せたい」

進は美貴子とも相談の上、彼にびっくの～ずの夜の部を任せてみることにした。

そして、懸案事項のふたつめが、引っ越しだった。

いま進が住んでいるマンション5階から、ひとつ上の6階に引っ越すことにしたのだ。身動きできないからだだからこそ、まっさらな新天地で気分一新し、果敢に生きるチャレンジをしたいとの思いからだった。

このまま住み馴れた環境に横たわっているだけでは、あらたな展望は拓けない。座して運命に任せるなど、自分らしくない。そんな進の決断だった。

すでにリフォームがすんだという6階のその部屋を、美貴子と皐月が下見に行って来た。ただワンフロア、外階段を昇り降りしただけなのに、ふたりは興奮で息をはずませて帰って来た。

壁紙は貼り替えられ、床はフローリングになって綺麗だし、新品のシステムキッチン、最新鋭のトイレ、それに真新しいお風呂場も…。なによりも22メートルの長さがあるベランダが魅力だった。

「その広々とした6階からのビューは、ここことはまったくちがうわよ!」と、美貴子は興奮を隠さなかった。

このマンションは、少し古くなったとはいえ、市内では有名な高級マンション。

なかでも北側のベランダから眺める眺望は、見事なものだ。広島城の城壁から繁華街を突っ切って南に一直線に延びる鯉城通りが視界を貫く。夜ともなれば街路灯が美しいく列をなし、パリのシャンゼリゼ通りを彷彿《ほうふつ》とさせる。

このマンションに転がり込んだのが15年前。有り金９万円しかなかった進が、亡き妻とも子の香典３６０万円を頼りに転がり込んだのだ。そして、いまは恋女房の美貴子と住むマンション…。

—とも子から美貴子へと繋がった縁が、おれを支えてくれた。

あらためてそのことを、進は実感していた。

引っ越しの準備で家財の整理をしていた美貴子が、ベッドの進のところに写真がごっそりと入った箱を持って来た。

「ゴミの山から、思い出の塊が出てきたわ」

お盆の中の日に、何十年も目にすることのなかった写真が出て来た。まるでご先祖の霊が挨拶に帰ってきたように…。古いものは遠慮なしに処分をしてくれと美貴子に頼んでいたのだったが、さすがにこれは捨てられない。

眠りにつくこどもに絵本を読み聞かせる母親のように、美貴子が写真をめくって進に見せていく。

それは…、40年ほど前の親父とお袋の写真。進は2日前、フェイスブックに「オヤジに似て来た」と書いたばかりだったが、その事実を確認することになった。

その横には「97歳で逝った妖怪ババァ」と何度も書いた若き日の母親…。

亡き妻とも子が、結婚式で福島県郡山市に里帰りしたときの写真もあった。「芸者顔負け」と、よく褒められた写真…。

進の目の前で紙芝居のように懐かしい思い出が映じては消えて行った…。

◆

8月下旬になると、痛くて痛くて眠れぬ夜を過ごしていた進の生活がひっくり返って、眠ってばかりの毎日になった。激痛で15分程度しか寝ていられないような日々の連続だったのだが…。

眠れぬ夜に気をまぎらわすために深夜起きだしてフェイスブックに闘病記らしきものを書きはじめたのは4月のことだった。ユーモラスな文章、へこたれない山根進の前向きな生き方が共感をよんでか、いつしか投稿を楽しみにするファンが増えていった。それに比例して、「いいね」の数も増加した。やがて彼のフェイスブックは、人生の応援歌のような色味を帯びるようになった。

これに驚いたのは、ほかならぬ進自身だった。

—地位も金も名誉もない、無い無いづくしのおれが書く投稿が、よもや他人様を勇気づける応援歌になるとは…?

眠れぬ夜の「災い転じて、福となす」だった。

ところが眠れぬ夜は、いま爆睡の夜に変わり、食欲はなく血尿は出っぱなし…。これでは体力も持たず、朝から晩まで一日中寝てばかりとなった。

あれだけ寝れない、苦痛の日々をかこっていたのに…、いままでは不思議なほど眠くて眠くて、「眠れる美女」ならぬ「眠れる老人」。ようやく目覚めれば、すぐに痛み止めと麻薬で、またすぐに眠ってしまうしまつ。もう昼も夜も区別がつかなくなって、生きているのか死んでいるのかすら曖昧な、白昼夢の中。

—麻痺が首の下まで進行してきたために、背中の痛みを以前ほど感じなくなったためなのか…?

「寝たきりになる」とは、本来こんな状態のことをいうのだろう。

—絶望の中の、もどかしさ…。

薬のせいか麻痺のせいか、痛みはなくなった。その代わり眠てばかりになった。朦朧とした意識では考える能力も、気力さえもない。難しいことには関心が失せ、面白いテレビ番組を観ていても、睡魔には勝てずに途中で寝入ってしまう。

痛みを失って、はじめて進は悟った。

「痛いというのは、生きている証拠。そして悩みは生への糧なのだ」と。

この意味の深さと怖さを知って、進の価値観ががらりと変わった。

—少々の痛みが何だ!

それは生きている歓び。

—考えすぎて苦悩している?

それって、意欲があるからのご褒美。

視点を変えれば、どれも生きている幸せの裏返しだ。痛い、苦しいは、生きている証拠にほかならない。生きていることを実感していない人間の贅沢な戯れなのだ。

—いまは、あの痛さに堪えていた夜が懐かしい！

引っ越したばかりのリフォームされた天井の白さに、うっとりと見とれながら進は思った。

残り少なくなった時間。いままで以上に、その時間を大切に生きて、生き抜きたい、と…。

◆

相変わらず、爆睡つづきの進。

たまに起きても眠気は失せず、目を開けてもピントがあわない。ベッドのまわりがまぶしく映るばかり。

「痛がりもせずに、良い子にして寝たきりの私」

そう冗談めかしてフェイスブックに書いたが、首にまであがってきた痺れが、ふたたび痛みにかわってきたことには、あえてふれなかった。痛くて堪らないというほどではないが、昨日とは感覚がまったくちがうのだった。

これまで生命力と気力とで、尋常でない強靭ぶりを見せてきたのが、ようやく最終章を迎えつつあるのかもしれない、と進は覚悟した。

—自分のからだは、自分が一番よく知っている。

病状がどんな事態になっても、進はこのことをはっきり意識してきた。それは、たしかな生の手応えでもあった。そのインナーセンサーが、生の手応えから死へのカウントダウンに切り替わったような、不思議な感覚があった。

—もしかすると、もうダメかもしれない。

ここからの投稿は、本当の末期ガンのレポートとなるのだろう…。

もちろん、そんな弱音をだれにも吐かなかったし、記事にも書かなかった。感覚では死を受容しても、進の意思は最後まで生に執着していた。

何も食べられない、水さえ飲めない日が１週間以上つづいていた。

爆睡は４日目に入っていたが、その時間感覚すらはっきりしない。朝は来るが、その朝がどんな日の朝なのか、どんな一日が待っているのか、もう見当がつかないのだった。

血尿はなんとか止まったが、おかげで極端な貧血になった。鉄分を補給しなければならないのだろうが、何も喉を通らず、水さえ吐いてしまう現状では栄養もなにもなかった。

主治医が来たので、進は現状がどういう状態なのか客観的な意見を求めた。

「正直いって、予断は許さないというか…」

医師は説明を中断して、安楽死の緩和ケアで使う薬品の投与をはじめましょう、といった。進の病状は、あらたな段階に入った。

薬のせいか、意識が混濁するようなこともあった。フェイスブックの投稿にも、文章の乱れがあらわれるようになった。

山根進
8月29日

食べれない…呑めない地獄で、最後の悪あがきをしている。

恋女房が心配だ。トコトン…心配だ。
今まで…沢山の人達に、少しは元気をお送りしたいと、書き綴って来ましたが…ここからはお勧めしない。
読めば嫌になる‼

そんな訳で…ありがとうございました‼
「どんな日であれ…その日をトコトン楽しむこと‼」
今日と言う日は、もう二度と帰って来ないのです‼

先に亡くなった人が…この日をどんなにか楽しみにして、生きて居たかった人がいるのです。

見えない人を…感じて、一生懸命に精一杯、今を大切に生きて行く。その積み重ねが、 貴方に愛を…貴方に幸せを、運んでくれると思います。

私はもうしばらくは…恋女房の為に精一杯生きてやりたいと望んでいます。
どんな旅にも終わりがあります。その日が来るまでは、今を書き綴って行きたいと思っています。

山根進‼
ここからが、山根進なのだと、自分に言い聞かせ、叱咤激励…鞭が入っています（笑）

9月の中旬になると、美貴子が進のベッドの横にボンボンベッドを持ち出して、つきっきりの看病をはじめた。「予断をゆるさない」進の病状を察してのことだった。

進が寝ている間に、美貴子が勝手にしたことだったが、目覚めた進は、美貴子と手をつないでいる自分に気づいて、安心の眠りが彼女のおかげだったのだと知った。聞けば美貴子も、昨夜は安心して眠れたという。

「おれたち、バカップルだな」

いつものように軽口をたたいた進だったが、その目は笑ってはいなかった。横向きに手を握ったまま、美貴子をしっかりと見つめていた。

美貴子は結婚以来10年間、片時も進から離れることがなかった。末期がんの闘病生活になってからは、覚悟して在宅介護と決め、24時間体制で介護に当たっていた。

その美貴子も、いまでは51歳。前妻とも子が亡くなった年齢になっていた。

―きっと、とも子が美貴子を連れてきてくれたんだろう。おれの支えになるようにと。そして、私の代りにおれを見送ってほしいと…。

進は、美貴子の瞳の奥に視線を吸い込まれたような感覚を覚えていた。

9月21日の午後5時。進のもとを6人の訪問客が訪れた。初代びっくの～ず時代の常連客だった広大のOBとOG、進の〝息子〟と〝娘〟たちだ。

その中には、平尾理人の顔もあった。

「平尾たちに会うまでは…」

それが進の闘病の最期の目標でもあった。

「おやっさん、また土産話ありますから、愉しみにしとってください」

ひと月前に平尾から連絡があったとき、すでに進の病状はのっぴきならなくなっていた。

「わしゃもう、ひと月も保たんで」

ぼんやりと白い天井を見あげながら、進はめずらしく美貴子の前で弱音を吐いた。

美貴子は、はっとして胸の動悸が高鳴った。

いよいよそのときが近い。進の死が、はじめてリアリティをもった瞬間だった。

しかし美貴子は、そのおののきを胸にしまって気丈にいった。

「約束したからには、ぜったいに会ってやらなきゃ。結果を出すのが進さんじゃないの！」

「そうじゃの〜」

進は穏やかに美貴子に笑い返した。その目には、かつての鋭さはなく、穏やかな慈愛に満ちたものになっていた。

「美貴子、いままでありがとう！」

その目は、あきらかにそういっていた。そして、「もうすぐ、さよならじゃ…」と。

それからカレンダーの１日が消されていくのと、進の病状が劇的に悪化していくスピード比べになった。そして結果は、あきらかに後者の方がまさっていた。

それまでも気力だけで延命していた進の命の残り火はすでに消えてしまい、枯れ細ったからだに、なんとか魂だけがとどまっているようだった。

その日の朝、体調が悪いと進によばれた弘は、進のからだが異様に冷たかったのに驚いた。マッサージをしながら、進の息が消え入りそうになると、それを押しとどめるようにきつく圧した。進は気が遠くなりながら「揉め、しっかり揉め！」と、細い息で叫んだ。

弘が強く圧すと、「痛い、痛い！」とうめきながら、進が自分を鼓舞しているのがわかった。最後は「ちくしょう、ちくしょうと」と、必死に生をにしがみつくように唇を噛み締めながら耐えていた。

なんとか平尾たちとの面会は叶った。平尾が自動車を大破させてバイト代をパーにした思い出、進がカレーライスの値段を50円上げるかどうかでいつまでも悩んでいた笑い話…。話題はいつまでも尽きなかったが、平尾たちは進の様子に遠慮して数十分ほど歓談して引き揚げていった。

彼らが退室するのを視線で見送った進は、その直後に意識を失った。

「人生の約束は果たした！」

遠くになる意識の中で、そんな安堵のつぶやきを漏らしながら…。

美貴子は、慌てて進の手をとった。

「進さん！」

そう呼びかけたが、それは今しも逝こうとしている進を引き止めたいという叫びにはならなかった。狼狽しながらも覚醒した意識は、すべてを受け入れる、その覚悟を伝えたつもりだった。

もう一刻も生にすがれないほど、最期の最期まで進が生ききったことを知っていた美貴子にとって、「もっとがんばって！」と、いえるはずもなかった。ただただ、美貴子は進の掌を握っていた。

そして意識を失って30分ほどした18時03分、進は静かに息を引きとった。

…そのとき進がそっと自分の手を握り返してきたように美貴子は思った。

—枯れ枝のように、すっかり細くなってしまった進さんの手…。

お疲れさまでした。そう心の中でつぶやいたとき、美貴子はとも子の声を頭上に聞いたように思った。

—ありがとう、美貴子ちゃん。あとは私が引き受けたから…。

その日は、美貴子が生まれて51年と２０９日目。前妻ともが51歳と２０９日で他界した日数とが重なった日だった…。

エピローグ

進が旅立ってから2日目。主が不在となった千田わっしょい祭がいつものように開催された。かつて広大があったときの正門はまだ残されていて、そこからはフリーマーケットのブースを冷やかして歩くひとびとのにぎわいが望めた。

神社の参道にも似た敷石を踏みしめていくと、左手に本部のテントがあって、そこには見慣れない簡素な手書きの掲示物があった。

その1枚には、こう書かれていた。

千田わっしょい祭へお越しの皆様へ
山根進は他界いたしました。

そして、その横にもう1枚。


374回目の千田わっしょい祭へようこそ。

どうぞ皆さま、お楽しみ下さい。

山根 進（ゲバント山根）

そのテントの奥には、かつて進が「ゲバント山根」として何度となくマイクを握って歌っていた小さなステージ。それを挟むようにメタセコイヤが2本、雲ひとつない青空に向かってそびえ立っているのが、広大跡地に設営された巨大な祭壇のように見えた。

そのメタセコイヤが爽やかな風に枝をゆらしていたのは、巨大なロウソクのようであり、亡き主の墓標のようでもあった。

ステージには、進が息を引き取ったと聞いて、真っ先に死の床にかけつけた上綱克彦があがっていた。

「山根進が亡くなって、2日目になりました」

上綱は電気ピアノの前で淡々と、語りはじめた。

「残念ではありますが、無念ではありません。きっと彼の魂は、受け継がれていくでしょうから…」

それから鍵盤の音をいくつか確かめてから、「きょうはこれからでしょう」と、1曲目を紹介した。

「8年前に死んだ柳ジョージのために作った曲で、タイトルが『グッバイ・ジョージ』(トシ・スミカワ作詞)というそのままの鎮魂歌なんですが、きょうは《グッバイ山根進》って、そういうコンセプトで演《や》ってみたいと思います」

きっとあいつは　旅に出たんだろう〜

上綱のシャウトする歌声が、陰影の濃い鍵盤音にのって会場に木霊する。

いかにもシャイな　あいつらしいじゃないか〜
グッバイ山根　グッバイ進〜

木霊は拡散しながら、青い空遠くに吸い込まれていった。
いま上空に漂っているらしい、山根進の魂を見送るために…。

進（中央ピースサイン）ととも子（進の右下）を慕って
集まった広島大学の学生たち
まんが喫茶の前身『人間駐車場』をはじめたころ

とも子と進（1992 年）

『学生街の喫茶店・びっく
の〜ず』にて

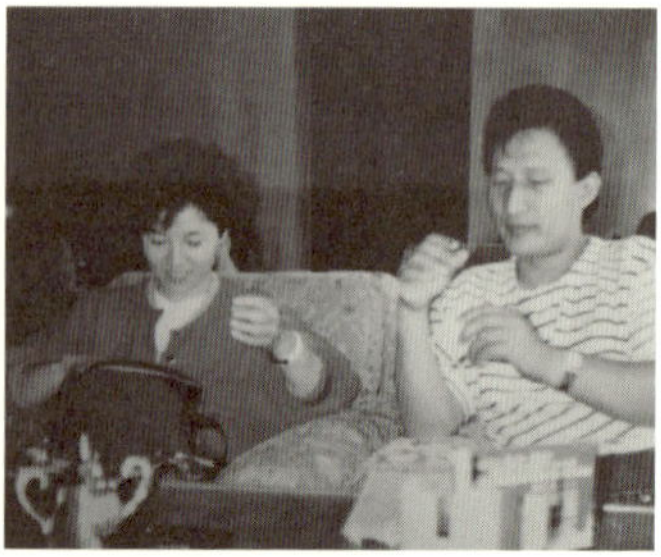

とも子と進（1997 年）

このころ『千田祭』は危機に
直面。翌年から『千田わっしょ
い祭』として進が継承した

中國新聞　2015年（平成27年）8月6日（木曜日）

核廃絶 決意の70年

広島きょう原爆の日
在外被爆者らも参列

太平洋戦争の末期、1945年8月6日に広島の市民と街が米国の原爆による攻撃を受けて70年を迎えた。広島市中区の平和記念公園では午前8時から市原爆死没者慰霊式・平和祈念式（平和記念式典）が営まれる。非人道的な兵器による犠牲者を追悼、復興に生き、核兵器廃絶と戦争反対を訴え続けたヒロシマへの共感を広げ、行動を促す日となる。（岡田浩平）

市民や安倍晋三首相に加え、市の被爆70年事業で招かれた、広島から海外に移り住んだ被爆者やその遺族たち計10人も参列。海外から過去最多の100カ国と欧州連合（EU）の代表が来賓として臨む。ことしから暑さ対策で1カ所の

中國新聞

8月6日（木）

発行所
中国新聞社
ホームページ
http://www.chugoku-np.co.jp/

原爆ドーム前の川をスクリーンにする『水面上映会』。平和記念式典の前日に実施し、毎年８月６日の朝刊１面をカラーで飾った

進とミーコ（中央）と寅乃介（左）

美貴子が描いたミーコ（左）と寅乃介（右）
進のアドバイスで美貴子の絵画の才能が開花した

ゲバント山根＆恋女房 クリスマス Live
（2018 年 12 月 25 日 Jive にて）

『焼肉大学』前で

『千田わっしょい祭』のにぎわい

進が亡くなって２日後の『千田わっしょい祭』

人が集まるところに山根進あり
“奇跡の野外イベント”は今も受け継がれている

2019年（令和元年）9月24日（火曜日）　中

広島大跡地 活性化に尽力

山根進さん死去　69歳

山根進さん

広島市中区の広島大本部跡地にある東千田公園で「千田わっしょい祭」を開き続けるなど、広島のまちづくりに尽力してきた飲食店経営の山根進さんが21日に中区の自宅で亡くなった。69歳だった。次々にユニークなイベントを編み出し、広島の活性化に懸けた人生だった。

山根さんは中区出身。1983年に広島大の旧正門脇で喫茶店を開業し、多くの学生と触れ合ってきた。東広島市への広島大移転が進んでいた93年に学生と連携しながら始めたのが「千田祭」。その後、「わっしょい祭」となり、恒例イベントとして定着した。

大学移転でにぎわいが薄れた地域の活性化のため、近年は月1、2回開き、フリーマーケットや音楽イベントで盛り上げてきた。23日、実に374回目を数えた。

北広島町の会社経営、植田紘栄志《ひさし》さん(48)は「本当にすごい人だった」と惜しむ。山根さんは、原爆ドーム（中区）と厳島神社（廿日市市）を観光船で結んだり、原爆ドーム前の元安川に被爆前の産業奨励館を投影したりするイベントも次々に実現させた。「クリエーティブで実行力もあった」

ここ数年間、がんと闘ってきた山根さんを励まそうと、植田さんは半生をまとめた本の出版も準備中だった。「功績を伝える」と、年内に予定通り出版する。

「『言ったらやる、やったら結果を出す』が家訓だった」とは、最期をみとった妻美貴子さん(51)。「男らしく、その生き方を貫いた」と語る。年内は「わっしょい祭」を続けるという。

通夜は24日午後6時から、葬儀は25日午前10時から、いずれも安佐南区伴西2の7の1、西風館で営まれる。（田中美千子）

訃報が新聞で大々的に掲載された
（2019年9月24日 中国新聞）

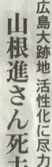

協賛 / クラウドファンディング 支援

山根 大
小野 康恵
宮郷 哲弥
稲垣 隆
林田 直子
岡野 圭輔
小川 妙子
福山 浩司
村上 かおり
古原 嗣健
森木 敬子
松村 康代
中本 真吾
新谷 ゆかり
亀岡 純一
中村 剛
瀬木 寛親
谷口 宙和
川村 幹典
内田 嘉彦
福本 英伸
渡部 朋子
安藤 真直美
山本 祐樹
深澤 富江
山本 和彦
渡辺 真希
天野 良英
塚本 雅彦
金魚 慶子
中村 かおり
為政 久雄
割方 光也
巴え口 あかね
川路 淳一
高橋 久子
重田 智美
井筒 順子
森口 朗

平田 玉代
植田 みち
松波 龍一
柏原 省治
あおき のぶゆき
草田 敦子
小林 繁子
百田 由香里
渡邉 重義
森 香
石橋 美奈子
麻生 修祐
和田 由紀恵
園田 佳子
高尾 暢子
近藤 里美
三輪 真理
大下 智美
中村 俊博
大内 里美
泰 一登
阿部 頼繁
石川 祐美
森永 剛史
田中 ちえ
長田 泰子
高野 英朗
北川 裕美
田月 俊次
塚田 忠則
尾張 椋
吉田 翔哉
寒川 透明
松田 朗子
今井 恵美
本田 明子
高堂 茂樹
菅 忠通
上綱 克彦

秋山 智彦
宮崎 忠彦
山本 幸治
島田美香
熊野 和雪
田濱 弘継
小山 純子
栗本 秀昭
遠藤 幹人
森田 昭二
松本 武夫
高橋 淳
猪野 竜平
井原 直樹
折川 秀美
平山 紗恵
稗田 恵理
内藤 契子
岡本 直治
金子 留奈
大畠 崇惠
海方 恵子
近藤 智子
堀 治喜
堀 尚美
西浦 友章
梅森 美帆
西村 諭治
坂田 恵梨子
伊藤 里美
田辺 祐三子
戸田 浩暢
原園 明宏
Nakao Yuki
谷嵜 みどり
中筋 功雄
明地 美穂
中田 善方
一瀬 泰啓

木邑 花織
吉本 礼子
小野 祐子
垣谷 真
広島大学 大学祭実行委員会二部一同
高野 / 高橋 / 高堂 / 岩崎
中川 悟
香口 隆徳
畠藤 京子
脇 道生
江木 / 日高 / 阿部
土肥 じゅんこ
ジュゲム ルーシー
お好み焼きジュゲム
福田 平
田村 国昭
網永 真純
兵後 篤雄
三戸 雅彦
三戸 雅彦のお母さま
市丸 正一
小河 隆司
末吉 克英
岩間 克二
奥居 正樹
渡邉 さゆり
伊吹 けいこ
大野（高市のりこ）
松本 道吉
河原 奈津
MOTOHIRO TAMAI
BBB の皆さん
ファブリックの皆さん
焼肉大学お客さんの中本さん

校正・協力

矢追健介、阪本 美砂子、宮前純子、三浦 明子、池本 芽以、大津 薫、大津 太一

プロデュース　山根 進、植田 紘栄志
編集・構成　堀 治喜
装幀　井筒 智彦
カバー写真　古原 嗣健
カバーイラスト（猫絵）　山根 美貴子
協賛管理　山根 弘

あとがき

「進ちゃん、このフェイスブックの記事、本になさい！」

「山根さん、これ本にしたら？」

こんな多くの声が結集して、この本は誕生しました。

当初はフェイスブック「山根進」の投稿をそのまま小冊子にする、そんな企画でした。そこに「ちゃんとした本にして、作家デビューしましょうよ」と〝全国展開本プロジェクト〟を持ちかけたのが旧知の植田紘栄志氏、そして井筒智彦氏でした。末期がんの山根さんに、あらたな生きる目標を、との思いからでした。

「そんな金、ありゃせんで！」

照れもあったのでしょう、山根さん本人は遠慮されていたようですが、みなさんご存知、クラウドファンディングというテがありました。

「ぜひ、本に！」という声の主、「進さんのためなら…」という仲間たち、そして「山根さんの闘病ぶり、最期の生き様に力をもらった」ひとびとが応援してくれて、瞬く間に目標額は達成。山根さんの遺徳をあらためて痛感しました。

残念ながら、「山根さんが存命のうちに」という願いは叶いませんでした。でも、彼が生ききったあとになったがゆえに、とも子さん、美貴子さんとの運命的なサイン『51年209日』を僕たちは知ることになり、この本に記し残すことができました。

構成にあたってお話をうかがった山根美貴子、上綱克彦、渡部朋子、田濱弘継、マギー、ルーシー・じゅげむ、平尾理人（仮名）各氏にはお礼申し上げます。

また、最終校正の現場にふらっとあらわれて、黙々と朱筆を入れてくれた大津薫、太一の親子には感謝のことばもありません。もし、おふたりがいなければ…、と冷や汗が噴き出る思いです。もしかしたら山根さんが「助けちゃってくれや！」と、天国から手配してくれたのかもしれませんね。ありがとうございました。

2019年12月9日

堀 治喜

山根 進（やまね すすむ）

1950年2月19日、広島県広島市鷹野橋生まれ。焼き肉屋『焼肉大学』と喫茶店『びっくの〜ず』の元オーナー。

1998年から広島大学本部跡地にて『千田わっしょい祭』を開始。ひろしま街づくりデザイン賞、国土交通大臣賞などを受賞し、2019年末までに379回の開催を達成。また2001年に原爆ドームと宮島を船で結ぶ『世界遺産航路』開拓、2004年には原爆ドーム前の川面をスクリーンにする『水面上映会』を実施して全国四大新聞の朝刊トップをカラーで飾るなど、地元鷹野橋や千田町のまちおこしに尽力する。

2007年から妻美貴子とともに『ゲバント山根＆恋女房』として歌手活動を開始。2013年に末期がんを宣告されるも、不屈の精神力で闘病する日々をFacebookに投稿して話題となる。

2019年、クラウドファンディングで225%の支持を受け、本書の出版を実現。

女房とワシと恋女房の51年209日

2019年12月25日　第1刷発行

著　者　　山根 進
構　成　　堀 治喜
発行者　　植田 紘栄志
発行所　　株式会社ミチコーポレーション
〒731-2431 広島県山県郡北広島町荒神原201
電話 0826-35-1324　FAX 0826-35-1325
https://www.zousanbooks.com
印刷・製本　　プリ・テック株式会社

　ISBN978-4-9903150-4-7 C0093